Aurelio Caroli

Dialoghi con l'eternità

I pericoli delle sedute spiritiche

Youcanprint Self-Publishing

Dialoghi con l'eternità
di Aurelio Caroli

In copertina:
fotografia dell'autore

Prima edizione digitale: 2014

ISBN: 978-88-91171-87-0

© Tutti i diritti riservati all'Autore

Youcanprint Self-Publishing
Via Roma 73 - 73039 Tricase (LE)
info@youcanprint.it
www.youcanprint.it

INDICE

Prefazione .... pag. 5

Presentazione .... ” 7

Prologo .... ” 9

Pensieri e meditazioni .... ” 11

Parte prima .... ” 13

Parte seconda .... ” 95

PRESENTAZIONE

30/06/2002

Ho deciso di pubblicare questi miei pensieri, nella speranza di trovare altre persone che mi capiscano e condividano quanto ho scritto.

Tutto ciò che leggerete sono il risultato di mie divagazioni giornaliere, ed alcune di queste apparvero all'improvviso alla mia mente durante le comunioni domenicali.

Quando rileggo questi pensieri non, mi sembrano frutto della mia mente, molti addirittura non li capisco, ed ho dei dubbi sulla loro correttezza, ma ho pensato che potessero servire lo stesso come spunto per le meditazioni di altre persone.

Alcune deduzioni sono maturate a seguito d'esperienze extrasensoriali della prima giovinezza che racconterò all'inizio del libro.

Voglio anche ringraziare, mia nipote e suo marito che mi hanno aiutato nella correzione di parte del libro, evitandomi molte brutte figure.

Spero che quanto scritto, susciti nei lettori, riflessioni e studi più approfonditi sul rapporto tra la nostra anima ed il nostro io, nella ricerca della verità e dell'amore di Dio.

Ho tralasciato alcuni pensieri che mi sembravano inadatti all'argomento e maggiormente risultato della mia fantasia.

Ritengo quanto scritto, molto impreciso e pieno di errori, ma ho voluto lo stesso, pubblicarlo in questa forma, per mettere in evidenza la mia completa ignoranza ed incapacità di scrivere.

Spero solo che altri seguendo il mio esempio, si decidano a rivelare i loro pensieri più intimi e spirituali, al fine di divulgare a tutti, quanto la nostra anima possa aiutarci a ricercare l'amore del Padre.

Aurelio

PROLOGO

Il passato è presente, il presente è futuro, il futuro è già passato.

PENSIERI E MEDITAZIONI

Noi ti preghiamo Dio Onnipotente di inviarci delle anime buone per assisterci, e di allontanare da noi quegli spiriti che potrebbero indurci in errore.

Dacci la luce necessaria per distinguere la verità dall'impostura, allontana da noi tutti quelli che possono gettarci nelle discussioni inutili, suscitando l'invidia, l'orgoglio e la gelosia.

Qualora qualcuno cercasse di introdursi in questo luogo con spirito avverso, in nome di Dio, noi lo invitiamo a ritirarsi in pace.

Buone anime, che sovrintendete ai nostri lavori, degnatevi di venire ad istruirci, a renderci docili ai vostri consigli, fate che ogni sentimento personale si dilegui fra noi di fronte al pensiero del bene generale.

Preghiamo il nostro angelo protettore personale di intercedere presso il Signore per sostenerci ed illuminarci nei momenti più difficili.

PARTE PRIMA

PROLOGO

Prima di leggere questa parte del libro, è meglio avvisare i lettori di tutti i rischi che si possono correre, se all'improvviso senza aiuto spirituale e senza l'animo e lo spirito adatti, uno decide di comunicare con anime defunte.

A seguito delle comunicazioni avute, con anime defunte, come nel libro racconto, ho avuto gravi problemi psicologici, enormi mancanze di comunicazione, aumento della sensibilità verso fenomeni paranormali, ed altre complicanze che andrò ad indicarvi.

Basta solo che vi accenni a grossi rischi di possessione maligna, e quel che è peggio alla perdita delle proprie convinzioni religiose, che colpiscono chi sprovvedutamente si dedica a tali pratiche di comunicazione con spiriti impuri di defunti.

Lo scopo di questo libro, è molto difficile da capire, e tuttora io ho dei dubbi nel volerlo scrivere, o nel voler scrivere tutto quanto è effettivamente accaduto. Avevo deciso di non scriverlo per le seguenti ragioni:

A) Possibilità che qualche lettore voglia, anche solo ingenuamente, provare a comunicare con spiriti defunti, con la conseguenza di cadere sotto la possessione di uno spirito dannato, o solo di rovinare la sua esistenza con avvenimenti non più controllabili.

B) Possibilità che persone senza scrupoli si dedichino a queste pratiche, per soddisfare il proprio egoismo e sete di potere. Si tenga presente che in questo caso, la sua anima sarebbe irrimediabilmente persa, poiché per avere bisogna dare, il male non fa niente per niente.

È sufficiente credere, anche ingenuamente, alla possibilità d'avere o guadagnare, senza meriti, che equivale a dare la propria fiducia alla potenza del male, per cadere in una spirale perversa che ci porterebbe alla perdita dell'anima, in cambio di quanto abbiamo tanto desiderato.

Ho deciso di divulgare quanto accadutomi, perché oramai è già noto il sistema per comunicare coi defunti e solo spiegandone in modo razionale i vari pericoli potevo essere utile ai lettori.

Papa Giovanni Paolo II disse "Gesù ha vinto la morte e quindi, il bene prevarrà sempre sul male", grazie a Dio.

Le comunicazioni con i defunti a fine di bene, avvengono ormai continuamente, ma in altro modo, con la preghiera, i sogni e tramite santi che dedicano la loro vita al prossimo con la preghiera ed il sacrificio.

Come mi disse un'anima pura: "Dio ci concede queste comunicazioni, perché vuole venirci incontro per rafforzare la nostra convinzione dell'esistenza della vita eterna". Ciò non è riferito alle sedute spiritiche ma alle preghiere per i defunti che ci portano a comunicare con loro tramite i sogni.

Forse la comunicazione, spirituale con i nostri cari defunti, può servire a controbattere la diffusione del male nella società odierna, che sembra sempre più allontanarsi da Dio, ciò deve però avvenire con la costante preghiera, aspettando che nei sogni essi ci illuminino.

COMUNICAZIONI CON I DEFUNTI

Tutto iniziò intorno ai miei ventidue anni, non avvenne per caso, ma tutto era prestabilito.

Conobbi una ragazza che aveva avuto esperienze di spiritismo. Venni a sapere che detta persona aveva fatto delle sedute spiritiche e la curiosità mi spinse a convincerla ad eseguire delle sedute spiritiche assieme a me.

Andiamo però per gradi e partiamo dall'inizio.

Incontri quasi casuali

Io ero molto timido (non ero capace di rivolgere la parola ad una ragazza sconosciuta), e non avrei mai invitato quella ragazza a ballare.

Un giorno, assieme a degli amici più intraprendenti di me, andammo ad un circolo di poco conto, attirati da un gruppo di belle ragazze viste all'ingresso.

La sala era molto grande, ed essendo un circolo privato noi non eravamo per niente graditi. Entrammo subito e dopo un'ora, in attesa dell'arrivo di altri giovani, ci accorgemmo che quel pomeriggio non sarebbero ormai arrivate altre persone. Io, con due miei amici, eravamo in un angolo della sala, un altro gruppo di giovani si trovava nell'angolo opposto, molto affiatato, difficilmente espugnabile.

La mia timidezza non mi avrebbe mai permesso di avvicinarmi a quel gruppo, invitare al ballo una delle ragazze, anzi questo era compito dei miei amici, ben più dotati nel coraggio.

Non so come sia successo ma rimasi sbalordito quando mi mossi, attraversai tutta la sala ed invitai a ballare la più bella ragazza del gruppo, ben protetta dai suoi amici, e questa accettò.

Era una brava ragazza che si trovava bene in mia compagnia e cominciai ad invaghirmi di lei.

C'incontrammo una seconda volta sempre al circolo, dove passammo insieme tutto il pomeriggio. Su mia iniziativa programmammo una festa, a casa mia, per la domenica successiva riunendo tutti i ns. amici.

Festa in casa

Abitavo in una casa molto grande, nel centro di Bologna, in Strada Maggiore, e avevamo a disposizione una bella sala con terrazzo ed un buon giradischi stereo.

Fu una giornata strana, perché pur volendo avvicinarmi a quella ragazza conosciuta i giorni prima, e di cui mi ero invaghito, corrisposto, non ci riuscivo assolutamente, ero scostante e non ne avevo la forza di invitarla a ballare o solo di rivolgerle la parola. Purtroppo altri ragazzi la intrattenevano e la mia disperazione accresceva continuamente; addirittura lei confidò ad un mio amico che non capiva perché non la avvicinavo. Verso la fine della giornata, mi accorsi di un'altra ragazza, rimasta in disparte, che non mi attirava per niente, ma come per incanto potei avvicinarla e fissammo un appuntamento per i giorni successivi.

Iniziò un rapporto che portò ad un fidanzamento.

Ora torniamo all'inizio del capitolo. Chiameremo Francesca quest'ultima ragazza.

Dopo alcuni mesi, venni a sapere che in passato Francesca era stata una medium, ma era rimasta sconvolta da esperienze negative, quindi non voleva più fare delle sedute spiritiche.

In quei tempi Francesca ed io andavamo saltuariamente in chiesa e ci comportavamo da buoni cristiani, perciò prima di spingerci nell'avventura di iniziare le sedute spiritiche, andammo a chiedere consiglio ad un frate di un convento subito fuori porta Saragozza.

Con questo frate ebbi un dialogo molto franco e sincero senza prevaricazioni da parte sua.

Io gli espressi il desiderio che avevo di eseguire alcune sedute spiritiche, e gli chiesi se ciò potesse essere contrario alla morale cristiana.

Egli mi rispose che era molto importante avvicinarsi a questi spiriti con senso d'affetto, e non approfittare di loro a fine di lucro o di pura curiosità; anzi mi confidò che egli stesso aveva avuto esperienze similari. Alcuni amici avevano consultato lo spirito di sua madre, senza di lui.

Dalle risposte riportategli si accorse effettivamente che si trattava della madre, il modo di esprimersi, le parole che normalmente usava solo lei, ecc. gli diedero la certezza della sua presenza.

Compresi che egli non fosse del tutto contrario a questi contatti, purché fatti con amore, comprensione, e non per fini meramente egoistici o per divertimento.

Premetto che la mia curiosità era prettamente al fine di studio, per capire se c'era qualcosa di vero e se l'aldilà esisteva.

Forse a quei tempi, (anni '60) le esperienze sulle comunicazioni coi defunti erano poche, e non tutti i preti erano a conoscenza dei rischi che si potevano correre.

In quel periodo, pur avendo avuto una buon'educazione cristiana, frequentavo la messa domenicale solo saltuariamente, e tendevo come tutti i giovani di quel periodo, ad accantonare la fede.

Venne così il tempo che iniziammo a fare delle sedute spiritiche.

Ci trovavamo la sera presso alcuni negozi di parenti di Francesca, anche loro interessati a queste pratiche.

Inizialmente, furono sedute spiritiche normali come se ne sente parlare molto spesso, dove si prendono contatti con anime di defunti famosi e dove lo scopo è solo quello del divertimento e della curiosità. Non sto certo ad indicarne i particolari poiché non è questo lo scopo del libro.

Una sera, mentre altre persone del gruppo eseguivano una seduta in una stanza, una mia parente ed io ci appartammo in un'altra stanza per eseguire una seduta per nostro conto.

Già all'inizio della seduta, venne uno spirito che sembrava ci prendesse in giro, come spesso accade, invece quando si rivelò, ne fummo molto sorpresi. Normalmente noi non avevamo mai pensato di parlare con anime di parenti defunti, infatti, quella volta ci si presentò nostro nonno Ruggero, e la comunicazione ebbe un effetto diverso dal solito.

Dopo le dovute presentazioni, mio nonno ci chiese, per il futuro, di chiamarlo senza altre persone estranee all'ambito familiare, e così facemmo.

Nonno Ruggero era morto nel 1913, a seguito di un incidente stradale con la sua moto, lasciò nella miseria, la moglie Virginia con due figli di uno e due anni più un terzo nell'attesa di nascere.

Mio padre Mario era il maggiore.

Potete immaginare a quei tempi la vita di questa donna che si rifiutò di sposarsi nonostante i ricchi pretendenti.

Mia nonna ebbe una vita d'umiliazioni e fame, dapprima venne accolta da alcuni parenti, che ne sfruttavano il lavoro, suo e dei figli trattati come garzoni.

Più tardi, mia nonna andò ad abitare vicino alla chiesa di S. Donato, e tutti i giorni, andava a piedi fino in centro a Bologna, per portare a casa dei sacchi di biancheria da lavare, che il giorno dopo doveva riportare in città.

Contatti con i parenti

Iniziò così una continua comunicazione con tutti i nostri parenti defunti. Erano più di dieci e con tutti abbiamo avuto la possibilità di comunicare.

Il primo arrivato fu nonno Ruggero, che ci fece da spirito guida e c'introdusse ai vari interlocutori.

A questo punto è importante dirvi le condizioni della mia famiglia.

Tutta la mia famiglia aveva vissuto per dieci anni in Venezuela, a Caracas, e verso il 1959 ritornò, in Italia per sfuggire ad una rivoluzione.

Mio padre riuscì a portarsi a casa una piccola somma di denaro vendendo tutto quello che aveva (casa ed azienda), che ci permise di andare avanti per alcuni anni, fino a quando iniziò a mettersi in affari.

Ovviamente tutti gli affari che mio padre tentava di sviluppare, non davano mai gli esiti sperati, e al tempo dell'inizio delle comunicazioni con Ruggero (mio nonno defunto), eravamo disperati e sull'orlo della rovina.

Erano più i debiti che il capitale, e tutte le nostre fatiche servivano solo per non soccombere.

Tutti i giorni dovevamo correre presso le banche ed i debitori per coprire cambiali ed assegni emessi a vuoto.

Già dalle prime comunicazioni con Ruggero, egli ci chiese di pregare per lui, e di dedicargli delle messe, cui noi tutti partecipavamo.

In seguito anche tutti gli altri parenti intervistati ci chiesero delle preghiere e delle messe.

In quel periodo, nonostante la nostra fede, non frequentavamo continuamente la messa domenicale. In seguito questa mia conoscente ed io andavamo a messa anche i giorni feriali, perché c'erano richieste continue di messe e preghiere dai vari nostri defunti.

Mia madre aveva una decina di fratelli, molti dei quali già defunti, riuscimmo a parlare con quasi tutti, con alcuni in particolare, che non posso nominare, non riuscimmo a comunicare.

Tutti questi parenti erano al purgatorio, in posti diversi, ma comunicavano tra loro, e da quanto appresi, in alcuni periodi si ritrovavano, o si recavano, in un posto per rendere conto del loro operato, e per chiedere istruzioni sul da farsi.

Queste sedute avevano una cadenza settimanale ed in alcuni momenti di disperazione, anche giornaliera.

Questi contatti ci davano anche un certo sollievo, poiché la nostra condizione era disperata ed ogni giorno rischiava di precipitare, nella massima miseria, i nostri parenti ci potevano solo consolare assicurandoci che tutto si sarebbe sistemato per il meglio.

Voglio rilevare, che non sempre era facile colloquiare con i nostri parenti defunti, anzi spesse volte eravamo distolti da altri spiriti, alcuni del Limbo, che ci prendevano in giro.

Ogni volta che cercavamo di fare delle sedute con estranei, si presentavano anche spiriti dannati, che era poi difficile mandare via.

Non posso dirvi molto delle cose che accaddero in quel periodo, perché sono spiacevoli e voglio ridurre al minimo i riferimenti al male, per amore di Dio.

Cercai spesso di fare delle sedute con alcuni miei amici, perché desideravo che anche loro vedessero e credessero.

Tutte le volte che delle persone, non in grazia di Dio, si avvicinavano a queste comunicazioni, era impossibile controllare gli avvenimenti (nel senso di parlare con spiriti buoni), intervenivano sempre entità dannate, attratte da queste anime impure.

Vorrei raccontarvi alcune comunicazioni che mi sembrano significative.

Un'anima in pericolo

Una volta, in casa di un'amica, con una decina di persone, si presentò l'anima di un ragazzo d'origine ebrea, ma ateo, era all'ospedale in punto di morte.

Tutti i partecipanti alla seduta non erano minimamente coinvolti da quanto ci riferiva quest'anima.

Si capiva dalle parole la sua disperazione, era sconvolto, poiché stava per morire senza essersi riconciliato con Dio, era un ebreo ma ateo, e ci chiese una preghiera, e tra tutte le persone presenti solo io dissi un Padre Nostro.

Dopo alcuni minuti si congedò ringraziando la persona che aveva detto una preghiera per lui.

Questo mi fece riflettere e da qui intesi che la nostra anima è il dono di Dio, ed è a conoscenza della verità, il suo scopo è di salvarci, ecco perché, chi non si salva perde la sua anima, perde il dono di Dio.

Altre volte cercavo di far conoscere a degli amici la possibilità di parlare con i nostri parenti defunti.

I risultati furono deludenti, per molti motivi tra cui mancanza di fede da parte di qualche partecipante presenza di qualcuno non in grazia di Dio, ciò creava molte difficoltà di comunicazione, poiché prevaleva la volontà delle anime dannate di venire a parlare; era molto facile capirlo, dalla difficoltà che le anime del purgatorio trovavano nel mantenere il contatto.

Un'altra seduta molto interessante fu quella fatta con alcuni compagni di scuola.

Questi compagni ad un certo punto vollero chiamare un loro amico di scuola, morto suicida, per conoscere il motivo della sua morte.

Io pensavo che fossero mossi da buoni motivi d'affetto, invece quando si presentò, cominciarono a schernirlo, ridendo di lui e della seduta.

All'improvviso, mentre i miei compagni non prestavano attenzione al tabellone, perché discutevano tra loro, cominciarono ad essere segnate le seguenti lettere: "Q.u.e.l.l.i che ridono si accorgeranno quando verranno di qua".

A me dispiaceva molto il loro comportamento, perché, da come l'anima cercava di rispondere, s'intuiva la sua sofferenza ed il bisogno di comprensione ed affetto.

Io avevo in quel periodo un'idea molto diversa sul destino dei suicidi, e delle anime peccatrici, da quella che si formò dopo questi incontri.

Da come sentii comunicare l'anima di quel ragazzo, suicida, e da quello che disse, pur rimanendo un ragionevole dubbio, mi accorsi, che il nostro destino dopo la morte è molto diverso da ciò che noi pensiamo.

Per prima cosa, chiedemmo a quell'anima dove si trovava, e non ci diede una risposta esatta, non era all'inferno né al purgatorio. Io immaginai che fosse in una posizione dubbia, o almeno in attesa di giudizio.

Inoltre mi colpì molto il fatto che fosse a conoscenza dell'esistenza di Dio e del suo amore infinito, sul quale faceva affidamento per riscattarsi, e questo mi colpì molto, anche perché mi sembrava molto triste e pentito.

Quanto vado dicendo in queste povere pagine, è frutto della mia analisi sui fatti accadutimi, e su quanto ho avuto modo di sentire dalle anime defunte. Considero seriamente quanto riferitomi in condizioni di reciproco rispetto, non prendo in considerazione frasi dubbie, di cui molte relative al futuro o riferite da anime impure, che cercano solo di carpire l'attenzione dell'interrogante per impossessarsi della sua **fiducia per poi rubargli l'anima**. In una seduta, ad un certo punto, un'anima del purgatorio mi riferì che loro non avrebbero mai detto nulla del futuro, o di quanto interessa la nostra curiosità, ma che questo lo facevano solo le anime dannate, per secondi fini come ho spiegato prima.

Quando uno non crede, non vuole credere

Un'altra volta cercai di fare una seduta con alcuni amici che non credevano, ed uno di loro in particolare si era prodigato a giurarmi che se avesse visto muoversi il piatto e dare delle risposte, egli avrebbe creduto.

Quando facemmo la seduta questo mio amico vide che effettivamente i defunti ci rispondevano, e che il piattino si muoveva anche quando io staccavo il dito, ma trovò tutte le scuse per non credere e rimangiarsi la parola.

Ecco perché, in seguito ho rinunciato a fare delle sedute per convincere le persone che non credono.

È molto difficile far cambiare idea alle persone, quelle che non credono rimangono della loro opinione, anche di fronte all'evidenza più palese.

Forse il nostro destino è più forte della nostra volontà o viceversa. Ho capito che bisogna avere affetto e comprensione per chi soffre, altrimenti non capiremo mai l'importanza dell'amore.

Bisogna sempre essere bendisposti verso gli altri, e condividere le loro sofferenze.

Un'altra volta facemmo una seduta in casa di parenti di Francesca, e c'erano anche due sue nipoti molto giovani, ancora in grazia di Dio. In questa sola occasione ci capitò di parlare con anime del Paradiso, addirittura si presentarono dei Santi, che dalle risposte e dall'ambiente creatosi sembrava di essere veramente in contatto con il Paradiso. Su quest'ultima seduta non voglio trarre dei giudizi, in quanto non mi sento in condizione di darne, non avendo la certezza che le anime con cui avemmo i contatti appartenessero veramente al Paradiso, poteva benissimo essere un inganno come spesso succede.

Voglio far notare che solo alla presenza di persone pure (in grazia di Dio), e solo a queste, è permesso di parlare con anime degne, mentre la presenza di persone peccatrici, ed ancora peggio se non credenti, porta ad essere assaliti da anime non degne con lo scopo di fagocitare le loro anime, o impossessarsi dei loro corpi. Sembra strano ma chi non crede è spesso preda del male, forse perché la mancanza di fede è una predisposizione alla perdizione. Quanti che si credono atei non si accorgono di essere manipolati dal male, ed i loro pensieri li allontanano sempre più da Dio. Basterebbe questo per far capire che non sono atei, ma sotto l'influsso del male. Non esiste l'ateismo, esiste solo la negazione di Dio e questo non può essere chiamato ateismo, ma orgoglio di se stessi e desiderio di essere soli nell'universo, per decidere da soli il proprio destino (peccato originale). Ecco l'inganno, il male ci avvolge, cerca di far emergere i nostri desideri materiali, per allontanare i nostri pensieri dalla nostra anima, che è l'unico baluardo all'allontanamento da Dio. Piano piano il nostro egoismo, allontanatosi dall'influenza benigna della nostra anima, ricade in una attrazione verso il materialismo ed il soddisfacimento di ogni capriccio che la nostra mente può concepire. C'è un regista dietro tutto questo, e non è certo dandoci la prova della sua esistenza, che ci allontana da Dio, anzi il contrario.

Ecco perché, molti medium del passato (anche se potenti), prendendo contatto con anime non degne (di personaggi famosi), sono diventati atei o miscredenti, maghi del male, ecc. Chi si dedica a queste pratiche a fine di bene, è continuamente colpito e danneggiato dal male, che cerca continuamente di distruggere tutto ciò che tende al Bene ed alla conoscenza di Dio. Presto mi accorsi, che era inutile fare delle sedute con persone estranee, poiché partecipavano solo per curiosità, quindi i contatti coi defunti erano difficili ed inconcludenti. Decisi ad un certo punto di smettere le sedute con estranei e di dedicarmi a comunicare solo con i miei parenti. Iniziai a parlare con mio nonno, che fungeva da spirito guida, eravamo solamente, una mia parente ed io, poi più avanti introducemmo i nostri genitori, e raramente qualche altro parente.

Premetto che queste sedute con i nostri defunti, quasi tutti in purgatorio, erano possibili perché noi eravamo in grazia di Dio, ed in particolare uno di noi era ancora vergine, fatto molto importante, per tenere lontani gli spiriti dannati e comunicare con defunti del Purgatorio o del Paradiso.

Oramai eseguivamo una seduta quasi ogni settimana. Incontrammo molti parenti defunti anche di recente, in particolare i miei nonni materni Cesare e Maria, quasi tutti i loro figli.

Tutte queste anime, appena avviati i colloqui, ci chiedevano delle preghiere e delle messe. Alcune si prodigavano a passarci altre anime più bisognose, e su tutti i colloqui vi era la presenza di mio nonno, che faceva da tramite con le altre anime.

Una cosa molto importante da rilevare è che tutti questi colloqui, non avevano lo scopo di indagare il futuro o di approfittare delle anime defunte per fini speculativi o curiosità, ma erano solo affettivi, al solo scopo di capire la loro condizione, per poterli aiutare.

D'altronde le anime del Purgatorio e del Paradiso, come già detto, non potevano rivelarci nulla del futuro, e l'unico loro scopo era di, tranquillizzarci e farci avvicinare alla fede in Dio.

In tutte queste comunicazioni traspariva l'amore reciproco ed il desiderio d'essere utili gli uni agli altri.

Comunicammo con molti fratelli di mia madre, alcuni in vita non erano molto religiosi, pur essendo persone molto oneste ed altruiste, ed avevano avuto una vita molto sofferta.

Un'anima persa

Vi fu un fratello, morto da poco in un incidente stradale, che non riuscimmo a rintracciare, nonostante le nostre continue richieste ai fratelli.

In vita era stato un buon imprenditore, ed ottenne un discreto successo, era molto disponibile con il prossimo, ed aiutò mio padre che era spesso in difficoltà economiche.

Cercammo di prendere contatto con questo parente ma non ci riuscì in alcun modo di trovarlo, nonostante fosse morto da molto tempo.

Un'anima ci affermò, che non era in nessuno dei luoghi conosciuti, e che era in attesa di giudizio.

In tutti quegli anni non potemmo avere contatto con lui, e pensammo che a causa della morte repentina e per il fatto che era ateo, fosse in attesa di giudizio. Parlandone con suo padre, Cesare, questi ci affermò che in ogni modo tutti i suoi figli si sarebbero salvati.

Per la verità questo lo disse a me personalmente, in seguito ad una mia domanda scherzosa ed impertinente, della quale mi pento. Ovviamente Cesare era a conoscenza della bontà di Dio ed era convinto che anche suo figlio si sarebbe salvato.

L'unica volta che non potei comunicare con un defunto, fu quella.

Tutte le altre volte anche se il defunto che cercavamo era dannato, o si presentava o c'era comunicato il suo stato, il defunto che ci faceva da guida comunicando con noi, si comportava molto stranamente, aveva difficoltà a rispondere, come se soffrisse al solo pensare al luogo in cui si trovavano i defunti dannati.

L'avvicinarsi di spiriti dannati, mentre comunicavamo con anime del purgatorio, rendevano queste ultime tristi, e la comunicazione diventava difficoltosa.

Spesso gli spiriti dannati prendevano il sopravvento, come se le anime del purgatorio soffrissero della loro vicinanza e fossero costrette ad abbandonare il contatto con noi viventi.

Nelle comunicazioni con anime di nostri parenti, si parlava come fossero presenti, ci raccontavamo tutte le nostre preoccupazioni giornaliere e loro ci sostenevano con parole dolci, ci affermavano che tutto si sarebbe sistemato. Le anime del purgatorio, come ben sapete, non dicono nulla che possa cambiare la nostra vita, giacché ce la dobbiamo costruire noi con i nostri sacrifici e sofferenze.

Che premio abbiamo se ciò che facciamo è merito d'altri?

Sembra ci sia un limite nelle risposte delle anime buone, certo Dio ci aiuta, interviene, ma solo in funzione della nostra fede, e solo per combattere il male che ci contrasta ingiustamente.

Dio vuole che noi agiamo con le nostre sole forze, per non toglierci il merito del bene che facciamo, e così pure per punirci se facciamo del male.

Siamo noi che dobbiamo scegliere la strada da percorrere, perché è per questo che siamo nati: ci sono state regalate la vita e l'anima per meritarci il dono infinito, con le nostre azioni e sacrifici.

Da queste prime esperienze di comunicazione con le anime defunte sono arrivato alle seguenti deduzioni:

1) Spesso le anime ci chiedono delle preghiere o delle messe, effettivamente è perché ne hanno bisogno, però molte volte queste preghiere sono molto più utili per noi. È facilmente immaginabile che queste richieste abbiano anche lo scopo di farci avvicinare spiritualmente al loro amore ed a quello di Dio.

2) Molte volte noi facciamo delle domande cui loro non possono rispondere, però loro cercano di soddisfare la nostra richiesta, ci danno una risposta non propriamente esatta, al solo scopo di tranquillizzarci.

3) Le anime buone, con cui prendiamo contatto, possono sbagliare nel darci una risposta, per vari motivi: o perché non è il momento giusto della conoscenza su quanto chiediamo, o perché la vera risposta potrebbe farci soffrire, se la conoscessimo in anticipo.

   Gli avvenimenti, anche spiacevoli, devono accadere al momento giusto, e non dobbiamo esserne a conoscenza prima, altrimenti decadrebbe la nostra libertà di scelta, poiché le nostre scelte sarebbero falsate, e quindi le conseguenze non sarebbero a noi imputabili, sia nel bene che nel male.

4) Tutte le anime buone (del Purgatorio o del Paradiso), sono unite a noi da profondo affetto, e continuano ad operare per aiutarci nella nostra vita, per guidarci ad

avvicinarci all'Amore di Dio, per salvare la nostra anima. Il loro aiuto è molto prezioso, ed io penso sia concesso da Dio, per combattere il male che è sulla Terra e che ci coinvolge ingiustamente. È per vincere l'ingiustizia dell'esistenza del male che Dio ci ha concesso l'aiuto delle buone anime defunte.

5) Il concetto di tempo è molto relativo per le anime defunte. Molte volte ci sono state date delle risposte, i cui tempi di realizzazione non combinavano, e quando ne chiedevamo la spiegazione, si trovavano a disagio, poiché loro vedevano solo l'avvenire continuo degli eventi, senza un preciso legame al tempo. Sbagliavano spesso col numero dei giorni ed anche dei mesi. Sapevano e vedevano tutto di noi, sulla Terra, ma non sapevano darci indicazioni precise sul tempo, in cui sarebbero accaduti quegli avvenimenti.

6) Lo spazio, a differenza del tempo, sembra avere una sua dimensione, ci capitò diverse volte che le anime chiamate non venissero immediatamente ma dopo alcuni minuti. Un'anima amica ci spiegò che era molto lontano quando si sentì chiamata, e non poteva venire subito. Un'altra volta venne un'anima amica, e ci spiegò che la persona chiamata, non poteva venire subito, ma venne lei per tenere il posto.

Una persona importante

Dopo alcuni anni di comunicazione con i miei defunti, la situazione economica si era stabilizzata ma era sempre molto tesa, una mia parente ed io avevamo molti problemi affettivi, perché desideravamo sposarci ed avere una famiglia, ma tutti i rapporti con altre persone erano inconcludenti.

Questa mia parente andava da delle cartomanti, cercando una spiegazione alla sua infelicità ed irrequietezza, ma tutto era inutile, queste persone che promettevano benessere e felicità, alla fine si scoprivano imbroglione e profittatrici della debolezza umana.

Alcune volte, pur essendo contrario, partecipai a degli incontri con delle cartomanti, effettivamente alcune descrizioni ed anche qualche predizione sembravano azzeccate, però ne ho avuta una sensazione lugubre e ne ho tratto la seguente spiegazione.

Effettivamente, qualsiasi tipo di predizione, (se non in rari casi in presenza di santi) è basata su una certa sensibilità della persona che la attua.

Si tratta per lo più di comunicazioni inconsce con spiriti defunti dannati, i quali, come per le sedute spiritiche, vengono per carpire la nostra fede e coinvolgerci in una spirale perversa, che momentaneamente può dare dei frutti o vantaggi, ma in seguito (il fine ultimo), è l'allontanamento dalla via della verità, da Dio.

Quanto detto è facilmente intuibile dalla fine che fanno le persone dedite a queste pratiche, ed anche quelle che si appassionano a queste illusioni; perdita di fede, attaccamento ossessivo a queste pratiche, decadimento fisico ed attaccamento al denaro.

Tutti questi comportamenti non li riscontriamo in altri casi di persone sante (spesso preti particolarmente dotati), con doti extrasensoriali, esprimono il loro agire in modo diverso, gratuità, dedizione verso il prossimo sofferente, preghiere continue ed abbandono alla volontà di Dio.

Il male cerca in ogni modo e con tutti i mezzi di rovinare il dono di Dio, l'anima.

Una persona amica

Dopo tanto vagare alla ricerca di un aiuto, per risolvere la nostra povera situazione economica ed affettiva, approdammo ad una persona speciale, che abitava in un paese molto vicino al nostro.

Chiameremo Maria questa persona, poiché è troppo presto per rivelarne l'identità.

La signora Maria è stata per noi una vera liberazione dal

male che ci opprimeva.

Questa persona era una seguace di Sant'Antonio e di Padre Pio; tutto il giorno e la notte era dedita alla preghiera per le persone sofferenti e bisognose d'aiuto. Quando la conoscemmo, i nostri parenti defunti ci consigliarono di recarci da lei per continuare la comunicazione con loro, anche perché i contatti erano diventati molto difficili ed inconcludenti.

Penso che la perdita della facoltà di poter comunicare direttamente con i nostri parenti del purgatorio, sia dovuta al fatto che la mia conoscente ed io, nel frattempo, ci sposammo, perdendo la verginità che rinforzava le nostre comunicazioni con le anime buone.

Inizialmente le visite con la signora Maria erano abbastanza rade e distaccate, ma in seguito s'instaurò un rapporto affettivo familiare, al punto che lei ci confidò molto della sua vita e missione.

La signora Maria ebbe un'infanzia molto povera e sofferta, e fin da ragazza era dedita alla preghiera continua ed era sempre disponibile verso il prossimo, specie se bisognoso d'aiuto.

Cominciò fin da giovane ad avere delle visioni che la rafforzavano nella sua missione, le apparve la madre morta da poco, ed in tempi diversi alcuni Santi.

Al tempo in cui conoscemmo la signora Maria, inizio anni Settanta, era già nota anche all'estero, venivano a trovarla molte personalità politiche e religiose, a tutte dava ospitalità e dedicava il suo tempo, ci raccontò molto di lei e della sua missione.

A chi si rivolgeva a lei non chiedeva nulla, e gran parte di quanto le era dato come ringraziamento per le preghiere ed attenzioni ricevute, lo usava per aiutare i più bisognosi.

I meriti che la signora Maria può aver avuto, le derivano dalla fede e come grazia per i voti da lei presi per aiutare il prossimo.

Il voto più importante fu quello di impegnarsi a sostenere un orfano fino agli studi nonostante la miseria in cui si dibatteva la famiglia; a costo d'enormi sacrifici e rinunce, per più di vent'anni e con l'aiuto della provvidenza mantenne il suo voto, questo giovane poi è diventato sacerdote.

Non è lei a fare i miracoli, ma è solo una tramite; per merito dei suoi sacrifici e preghiere, riesce a comunicare con dei Santi, che le rivelano le condizioni dei malati e se questi hanno la possibilità di guarire, dandole dei consigli su come meglio operare per la loro guarigione.

Se alcuni malati possono guarire, la signora Maria dice come fare per ottenere la guarigione, o tramite quale cura od ospedale riuscirà a ristabilirsi.

Tramite la signora Maria molte persone sono state risanate da mali anche incurabili, o hanno trovato la strada per la guarigione.

Io ho frequentato la signora Maria per più di venti anni e questi incontri mi hanno portato a risolvere i più grossi problemi della mia esistenza, ed hanno anche influito sulla mia fede, rafforzandola; in particolare riuscii a capire molte cose a livello spirituale.

La signora Maria, durante le sue preghiere, riusciva a comunicare con i defunti in modo naturale, tramite lei continuò la comunicazione con i nostri parenti.

Dapprincipio la signora Maria riuscì a togliere un maleficio che pendeva su di me ed alcuni miei parenti, fattoci molto tempo prima da una nostra parente di animo cattivo; ci sono voluti venticinque anni per annullare il male procuratoci, tra questi vi era stato quello di non potermi sposare, e che tutti gli affari di mio padre andassero male.

Col tempo riuscii a sposarmi ed a mettere su famiglia, e lentamente i nostri affari andarono sistemandosi.

POSSESSIONE

Il figlio di un mio parente aveva circa 12 anni, ci accorgemmo che i problemi del suo carattere, irascibile ed instabile, erano dovuti ad una possessione maligna; tramite le preghiere della signora Maria e nostre riuscimmo a trovare un prete esorcista che lo liberò, dopo alcuni mesi d'esorcismi e preghiere continue.

Capii presto che la possessione di questo ragazzo era la

conseguenza d'alcune sedute fatte in casa con lui presente, ed essendo molto piccolo fu facilmente preda di qualche spirito dannato.

Si è capito che le sedute spiritiche, alla presenza di ragazzi ancora giovani ed innocenti, erano pericolose, perché queste anime ancora semplici potevano essere luogo di rifugio per spiriti dannati.

Un altro fattore che ho rilevato, è che le anime hanno un valore spirituale momentaneo secondo lo stato in cui uno si trova al momento.

Se un'anima è innocente, la sua forza di santità è molto alta in quel momento, e non dipende da ciò che diventerà in seguito. Tutti nasciamo innocenti e santi, e fin quando lo siamo abbiamo da Dio tutti i doni che ci riserva indistintamente, anche se poi ci allontaniamo dalla fede e perdiamo la nostra santità.

Siamo tutti liberi, e dipendiamo dalle nostre scelte.

Non è poi vero anche l'inverso: da esperienze personali mi sono accorto che la mia sensibilità verso i defunti, e la presenza divina, è molto dipendente dalla mia santità momentanea, che con il peccato (anche lieve) si affievolisce, e non è più possibile ritornare allo stato originario di grazia.

Con il pentimento e la confessione, grazie all'amore di Dio, si riesce a recuperare solo una parte di santità, perché con il peccato si è insinuato nel nostro animo il male.

Per quanto detto prima, si può fare il seguente paragone: la nostra anima è un contenitore d'amore di Dio, che alla nascita è pieno, poi col passare degli anni e con le vicissitudini della vita si va svuotando e non c'è modo di riempirlo.

Si sono avuti in passato dei casi, di Santi che hanno recuperato tutta la loro santità, però a costo d'enormi sacrifici per amore del Padre.

VENTI ANNI DI COMUNICAZIONI

Durante questi venticinque anni di comunicazione con la signora Maria, sono successe delle cose molto strane che noi al momento non credevamo possibile, cercherò di raccontarne alcune.

Un giorno, mentre tornavo a casa, trovai mia madre che trafugava negli armadi alla ricerca d'alcune vecchie monete d'oro, che avevamo portato dal Venezuela, dove eravamo vissuti per una decina d'anni.

Cercava quelle monete poiché gliele aveva chieste la nostra parente che ci aveva fatto dei malefici, con la scusa che un suo nipote ne faceva la collezione. Io mi allarmai e chiedemmo consiglio alla signora Maria, questa ci affermò che se quella parente avesse avuto qualcosa di nostro in oro, avrebbe potuto fare un altro maleficio così potente che difficilmente lei lo avrebbe potuto eliminare.

Da quel giorno io diedi in beneficenza il poco oro che possedevo, e da allora non volli più possedere oggetti d'oro.

Pensando a questi fatti, sui quali inizialmente ero scettico, ho cercato di dargli anche un'interpretazione logica, proverò a descriverla.

La nostra mente ha un potere immenso, dato dalla presenza del nostro spirito e della nostra anima, poiché queste sono in contatto con la realtà infinita, noi possiamo agire in modo inconscio, tramite la collaborazione con gli spiriti, che cercando di attirarci verso di loro (sia nel bene sia nel male), interagiscono a livello spirituale con tutti gli altri esseri viventi.

In questo modo, se noi siamo schiavi delle ricchezze materiali, la nostra volontà di reagire ad un attacco da parte d'altri spiriti maligni è indebolita, fino a restarne succube.

Tutte le forze spirituali, accumulate anche sugli oggetti, ci rendono schiavi dell'importanza che noi diamo alla possessione di questi; quindi pur di non perderli, perché per noi sono importanti, noi rimaniamo schiavi della volontà di una forza superiore, specie se questa si appoggia agli spiriti dei defunti, che per conquistarsi l'anima dell'individuo cercano in tutti i modi di soddisfarla.

Debbo chiarire che ciò succede prevalentemente con spiriti cattivi, chi dedica la sua attenzione a pratiche di magia nera (mettendoci anima e corpo), cede la sua anima in cam-

bio di ciò che chiede, mentre lo fanno non si accorgono che
in questo modo cadono sotto il dominio di forze spirituali,
che li farà precipitare sempre più in una spirale dalla quale
non possono più risalire.

Un giorno venimmo a sapere, dai nostri defunti (tramite
la comunicazione con la signora Maria) che quella parente,
che ci odiava tanto, stava molto male e sul punto di morire,
capimmo che loro erano preoccupati per la sua anima se
fosse morta senza pentirsi del male fatto.

Sembrava che le anime defunte fossero preoccupate per
la sua condizione dopo la morte, e si auguravano che in lei
apparisse un certo ravvedimento per la sua salvezza; tutto
ciò nonostante il male che lei aveva fatto a noi ed a tante altre persone.

Mi colpì molto quest'interessamento (amore) gratuito,
verso chi aveva fatto del male nella sua vita terrena.

Smettemmo di comunicare con i nostri defunti, tramite le
sedute spiritiche, per i problemi suddescritti; ma la comunicazione con loro non s'interruppe anzi prese più vigore, poiché le anime dei nostri parenti si presentavano alla signora
Maria, durante le sue preghiere notturne, per riferirle tutto
quanto poteva essere di nostro interesse.

La stessa signora Maria si meravigliò di questa frequenza delle comunicazioni, perché non le era mai capitato prima con questa intensità e continuità; normalmente, le capi-
tava di parlare con anime defunte, quando era in preghiera
per alcuni loro parenti, bisognosi d'aiuto, ma mai così di fre-
quente come con i nostri parenti.

Queste comunicazioni si protrassero per più di venticinque anni, con una frequenza minima di una volta a settimana.

È difficile raccontare tutti gli avvenimenti e le comunicazioni con i nostri parenti defunti di quei venticinque anni,
ma cercherò di raccontarne alcuni momenti importanti.

Questa mia parente ed io, quando avevamo dei problemi,
andavamo dalla signora Maria a confidarci, ella, molto dili-
gentemente, ci ascoltava e segnava in un quaderno tutto
quanto noi le raccontavamo.

Dopo qualche giorno passavamo da lei e ci dava delle ri-

sposte, che a sua volta le erano state riferite, nei momenti
di preghiera, da qualche anima santa o dai nostri defunti.

Da quanto ci aveva riferito la signora Maria, quando lei
pregava, maggiormente di notte, aveva queste comunicazioni, da parte di un Santo, Padre Pio o Sant'Antonio, di cui
era devota, e le davano delle risposte alle preghiere che lei
rivolgeva loro per le persone bisognose.

Tutti i giorni, un prete andava in casa della signora
Maria, per pregare e portarle la comunione, questo solo
quando fu già anziana e malata al punto di non potersi re-
care in chiesa da sola.

La signora Maria era sempre disponibile ad accogliere in
casa sua le persone bisognose, che non rifiutava mai, anche
quando non stava molto bene; solo negli ultimi anni, i parenti di lei le impedirono di ricevere quando stava molto
male.

MORTE DI MIO SUOCERO

In un certo periodo, capitò che mio suocero si ammalò, era
in ospedale, si pensava che stesse per morire, mia moglie
stava tutti i giorni con lui per assisterlo.

Un giorno chiesi alla signora Maria di pregare per lui, dopo alcuni giorni di preghiere, lei mi affermò che si sarebbe
ripreso.

Quando riferii la risposta a mia moglie (che era molto
scettica su questi avvenimenti), lei mi rise in faccia, perché
i dottori avevano assicurato che non c'era più nulla da fare
per suo padre.

Il giorno dopo mio suocero si riprese e poté tornare a casa
per un po' di tempo (poco più di un mese).

Quando mio suocero tornò in ospedale, era di nuovo molto grave, mi recai dalla signora Maria che mi disse, "questa
notte non lo sentivo più, si prepari al peggio", nello stesso
momento mia moglie era al suo capezzale e mi riferì che suo
padre era entrato in coma, ma poi si era risvegliato dicendo:

"Dove sono?" Rispose sua figlia: "Sei in ospedale con me."
Lui rispose disperato: "Allora dovrò morire di nuovo?", egli
era convinto di essere già morto.

Ho raccontato questo fatto solo per far capire che, la signora Maria aveva la possibilità di comunicare con le anime e vederne lo stato di salute.

MORTE DI MIO PADRE

Agli inizi del 1981, mio padre cominciò ad accusare dei
forti dolori ad una spalla, lo portammo all'ospedale Trau-
matologico di Bologna, dove non gli riscontrarono nulla, e
gli prescrissero delle applicazioni di radiazioni.

Dopo alcuni mesi di cure, non si riprendeva, ma deperiva
in continuazione, lo portammo al Sant'Orsola dove dei me-
dici più esperti gli riscontrarono una lussazione alla spalla
dovuta a metastasi che avevano ormai invaso tutto il corpo.

Appena appresa la notizia, fummo presi da grande scon-
forto, ci recammo dalla signora Maria, la quale dopo alcuni
giorni, ci diede una risposta.

Durante una delle sue preghiere notturne le era apparso
mio nonno Ruggero, che le aveva detto: "Non pensate che
abbia voglia di vedere mio figlio qui con me?"

Ovviamente ci rassegnammo alla futura morte di mio padre, e cercammo solo di stargli vicino e non fargli sapere la
malattia che lo aveva colpito.

Mio padre fu molto fortunato in quanto non soffrì molto
per la sua malattia, e l'undici di novembre dello stesso anno
si addormentò in casa e di sera spirò.

Quando ci fu il funerale, io andai a vedere il corpo esposto
ed ebbi una strana sensazione, ero distaccato, e non vedevo
mio padre in quel corpo, anzi mi sembrava estraneo.

Dopo alcuni giorni mio padre apparve alla signora Maria
e cominciò la sua comunicazione con noi assieme a nonno
Ruggero.

Mio padre ci affermò che si trovava in un posto bellissimo
e ringraziava il Signore per il bene che aveva ricevuto.

Furono molte le comunicazioni che io ebbi con mio padre, egli ci consolò per la sua perdita, ma capimmo che stava meglio dove si trovava.

Alcuni mesi dopo la morte di mio padre, egli apparve in sogno a mia sorella, era sopra ad una grande terrazza e voleva buttarsi giù; con questo sogno ci volle ringraziare per non avergli rivelato la malattia che aveva avuto, perché in vita era terrorizzato al pensiero di ammalarsi di tumore.

DEDUZIONI

A seguito di tutto quanto ho detto fino ad ora, vorrei fare alcune deduzioni sul Purgatorio.

Il Purgatorio è un luogo dove vanno le anime che in vita sono rimaste attaccate ai beni della carne ed alle sue lusinghe, quindi queste anime sono in una situazione d'attesa per passare, al regno promesso, il Paradiso.

Dobbiamo immaginare che la nostra anima sia immortale, poiché dono di Dio, lo spirito invece è il nostro io interiore, che alla morte si unisce all'anima e ne condiziona lo stato in cui si trova.

Quando il nostro spirito arriva alle soglie del giudizio, è depositato in uno stato di attesa (Purgatorio) e qui attende di passare allo stadio superiore di perfezione.

Se lo spirito non è in grazia di Dio, condiziona lo stato dell'anima in cui si è inglobato, le anime del Purgatorio sono a conoscenza della verità e sanno che devono purgarsi dei peccati accumulati dallo spirito durante la vita; quindi sono nell'attesa di migliorare la loro condizione, e come possono fare per migliorarsi?

Devono riscattare il male fatto, con del bene, quindi le anime del Purgatorio sono in preghiera continua, verso Dio per aiutare i loro parenti rimasti sulla Terra.

Fa parte del giudizio, anche i risultati che le nostre opere in vita daranno col tempo: in pratica se le nostre azioni da vivi daranno com'evoluzione opere di bene, la nostra anima ne gioverà, altrimenti ne soffrirà.

È molto importante cercare di immedesimarsi nel pensiero delle anime del Purgatorio per capire i loro bisogni.

Normalmente si pensa che le anime del Purgatorio abbiano bisogno di preghiere.

Ma anche noi abbiamo bisogno delle preghiere delle anime defunte, giacché la nostra salvezza, può riscattare i peccati delle anime dei nostri cari, e contemporaneamente se noi, commossi dalla condizione delle anime defunte, ci avviciniamo alla preghiera, questo diventa un merito per le anime stesse.

Il riscatto della vita eterna coinvolge ognuno, come il sacrificio di Gesù che è stato per tutti.

In quasi tutti i contatti con i miei parenti defunti c'era la loro continua richiesta di preghiere e messe, ma queste richieste, siamo sicuri che fossero solo a loro beneficio, e non a nostro beneficio ed al loro indirettamente?

Io mi sono accorto che tutte queste preghiere mi hanno avvicinato di più alla fede, e reso più duttile verso le avversità della vita.

CONCLUSIONE

La signora Maria ci insegnò anche a pregare tutti i giorni per le persone bisognose.

Devo affermare che effettivamente le nostre preghiere hanno sempre portato beneficio alle persone cui erano dedicate.

IL LATO NEGATIVO

Quanto mi appresto a scrivere, non lo volevo rivelare ma con tutti gli anni che sono passati, ed a seguito di tutti i ragionamenti fatti, penso sia giusto raccontarne una parte importante.

Il fatto che, ci sia stato concesso di entrare in comunicazione coi nostri defunti, come sopra espresso, non tragga in inganno il lettore, perché sull'altro piatto della bilancia, vi sono altrettante sofferenze, che non so se alla fine abbiano bilanciato il bene ricevuto.

Certo il rapporto tra bene e male ricevuti possono non equivalersi, ma l'aiuto avuto dalla signora Maria, è stato impagabile.

Di seguito cercherò di spiegarvi perché nei contatti con i defunti, tramite le sedute spiritiche, il rapporto bene-male non si equivale e prevale sempre il male.

Il fatto più grave accadde verso gli ultimi contatti con i defunti.

In particolare non potevamo più avere una comunicazione pulita con le anime del Purgatorio. Prevalevano sempre gli spiriti dannati, che interrompevano in continuazione la comunicazione, per disturbarci e molto più per carpire la nostra attenzione per poi penetrare nel nostro corpo.

Il male cerca sempre di distruggere il bene ed anche in queste situazioni si fa sentire.

Alcune volte si presentavano degli spiriti con nomi strani sconosciuti e con racconti fantasiosi, e ciò per ingannarci, ma un giorno accadde qualcosa di molto strano che ora dopo tanti anni riesco a capire meglio ed a collegare al male che mi coinvolge.

Un giorno si presentò il male in persona, premetto che non ero in grazia di Dio, anche se mi confessavo spesso ed i miei erano solo peccati lievi.

Questa comunicazione fu molto strana ed al momento non vi diedi peso, ma ha inciso molto nella mia vita.

Dopo tanti anni di comunicazione coi defunti buoni, si era creata in me una sicurezza di avere l'appoggio di Dio e quindi quando si presentò il male lo affrontai con una certa determinazione e sfida facendogli presente il suo destino di dannazione, in funzione del male di cui era responsabile.

La risposta fu chiara ed agghiacciante: "non è detto, c'è ancora tanto tempo alla fine" il male è convinto di ciò che fa e pensa di poter ingannare Dio.

Forse il male vede che l'uomo lo segue ed è convinto di vincere, ma poiché è stato escluso dall'amore di Dio, non conosce la verità ultima.

Il bene vincerà sempre!

L'unica mia speranza è in Dio Padre e Creatore di tutte le cose.

RAGIONAMENTI SULLE MIE ESPERIENZE

Molti ragionamenti si possono fare su queste esperienze extrasensoriali.

Qualcuno ha deciso che era giunto il momento che avvenissero per una ragione molto ovvia: è giunto il tempo che l'umanità cominci a percepire l'esistenza concreta della vita dopo la morte.

Il futuro dell'uomo cambierà con queste conoscenze e sarà confortato nella sua fede.

Vi sono molti pericoli da prendere in considerazione, rischi di comunicazioni e rafforzamenti del male.

Fin da giovane ero interessato ai fenomeni paranormali ed a tutto quello che era oltre la comprensione umana, lessi anche molti libri di magia bianca e nera, che poi tramite l'aiuto di un prete potei eliminare senza danneggiare la mia anima.

Tutto ciò mi portò a capire che non sono i cosiddetti filtri magici od altre pratiche più o meno lecite a modificare gli eventi, ma è sempre la forza del nostro spirito che compie i cambiamenti appoggiandosi di volta in volta alle potenze maligne o benigne.

In particolare la nostra forza spirituale agisce nel bene e nel male anche in forma extrasensoriale influenzando le persone più deboli, e creando uno scompenso secondo la volontà del più forte.

In particolare le persone più semplici, buone e disponibili, sono facilmente preda dell'odio altrui e subiscono l'aggressione della volontà più forte ed aggressiva.

Tutti i filtri o le formule che si usavano per far variare la storia degli eventi, erano solo dei catalizzatori su cui la nostra volontà si concentrava, per rinforzarsi e scatenare la sua forza per ottenere ciò che si voleva.

Tutto questo però, portava anche un cedere alla volontà generale del più forte, il male, fino a rimanerne succube, in questo modo chi iniziava queste pratiche di magia ne rimaneva sempre più coinvolto, fino ad allontanarsi dal bene per cadere progressivamente sotto il dominio del male.

In pratica è come se uno cedesse poco per volta un pezzo della sua anima in cambio dei favori ricevuti dal male.

LA LIBERTÀ

Nell'animo dell'uomo agiscono due forze contrarie: bene e male, si può capire che, se uno inizia ad appassionarsi anima e spirito ad una di queste, esse si accrescono e l'individuo ne rimane sempre più invischiato fino ad immedesimarsi nel bene o nel male.

Si deve tenere conto che qualsiasi peccato ci allontana dal bene (Dio), e ci fa cadere, verso forze negative (il male).

La nostra debolezza è alleata di chi ci vuol allontanare da Dio. Ecco perché è così difficile risalire la china e vincere le tentazioni.

Qualsiasi soddisfazione umana impura, ci allontana dalla comunicazione con la nostra anima, e seppure non ne traiamo un pieno appagamento, (anzi ne siamo insoddisfatti) la nostra curiosità e debolezza ci spingono a ricadere nel peccato e ad esserne sempre più schiavi.

È come se la nostra insoddisfazione, nel peccare, (perché

nulla sulla Terra può dare una piena soddisfazione) ci spinga a desiderare, ricercare e provare altri piaceri sempre più intensi, in una spirale senza fine che ci porta alla disperazione.

Nella ricerca spasmodica di un appagamento completo dei sensi, aumenterà la nostra caduta verso il male.

Fino a quando saremo attaccati alla nostra anima, aumenterà la nostra disperazione, ma avremo sempre la possibilità di riscattarci, poiché la nostra anima lavora per la nostra salvezza.

Dobbiamo valutare molto bene quanto segue: l'uomo ricerca sempre la piena soddisfazione del suo corpo con un bisogno di possedere, in un modo fisico, permanente, come ingoiare, quanto egli desidera.

Questo modo di possedere non è nelle capacità umane, perché tutto ciò che l'uomo riesce ad avere, ogni conquista e soddisfazione, sono destinate a cadere e ad avere una fine.

L'uomo non potrà mai possedere nulla in eterno che sia umanamente percepibile.

In questa spasmodica voglia di avere, l'uomo commette ogni tipo di peccato o iniquità, pur accorgendosi in seguito dell'inconsistenza delle cose.

Bisogna distinguere le cose che sono umanamente fruibili senza cadere nel peccato, tra queste l'amore, i figli, la famiglia, il lavoro, ed ogni soddisfazione prevista da Dio, e da lui solo elargitaci gratuitamente.

Da un certo punto di vista, tutto ciò che è lecito possedere, può portare alla disperazione od al peccato se non ottenuto in maniera naturale, ma in modo ossessivo e puramente egoistico.

Con il benessere ed il progresso, le cose materiali che l'uomo può possedere sono innumerevoli, quasi infinite, rapportate alla durata della vita.

In questa situazione (chiamata consumismo), si è data all'uomo la possibilità di provare continui piaceri, di modo che egli sia continuamente impegnato nel cercare una soddisfazione nuova, acquistando cose futili ed inutili in continuazione, dandogli l'appagamento momentaneo della sua curiosità, e desiderio di possedere.

Però così facendo viene continuamente distratto nella libertà di scelta (grazie anche alla pubblicità, che ne fiacca la volontà), ne segue che non ha più tempo di pensare, per avvicinarsi alla sua anima e comunicare con essa, per conquistare un'autonomia dalle cose terrene, e conoscere anche le sue capacità spirituali.

È per quanto sopra che l'umanità si sta allontanando da Dio e fa molta fatica poi a trovarlo quando ne sente il bisogno.

ATTACCO ALLA MORALE CRISTIANA

Nell'ultimo secolo si è avuto un attacco ai principi morali Cristiani, da parte di alcune forze politiche ed economiche.

L'attacco è stato realizzato con ogni mezzo, con una propria strategia e senza il supporto d'ideali o concetti morali che ne occupasse il posto o ne giustificassero l'azione.

Questo comportamento discriminatorio, in nome di un liberismo assurdo e inumano, sta portando l'umanità nella più profonda anarchia, alla propria distruzione.

Intanto si sta attuando la debolezza del mondo occidentale, fino a farne diventare terra di conquista di religioni o ideologie più aggressive.

MORALE LAICA

Si doveva creare prima una morale laica che desse dei limiti allo strapotere del male.

L'attacco ai concetti morali cristiani è iniziato con i noti referendum che hanno inciso molto sulla coscienza dei singoli individui, fino a trasformare la stessa natura umana; distruggendo i suoi valori più elevati.

Parlo dell'amore materno, che è uno dei doni più grandi che Dio ci abbia dato, forse perché è molto simile al Suo Amore.

Con l'istituzione dell'aborto, si è discolpata la donna, fino a renderlo giustificato anzi salutare, si è scalzato dall'animo femminile il vero senso dell'amore materno, dando sfogo ad ogni tipo d'egoismo, distruggendo in questo modo tutti i valori morali (non solo sull'aborto), insiti nell'animo umano.

Quest'impunità ha rafforzato l'egoismo umano, inorgogliosendolo, e la sua psiche, prima timorosa di Dio, ora si è rinvigorita fino a sfidare Dio, si capisce chiaramente dalle manifestazioni e dalle richieste di abbattere sempre più traguardi morali, da parte delle categorie più depravate, in nome di una sbandierata libertà, che si sono già prese.

Quindi le loro pretese sono false, in quanto a loro non servono, ma sono dimostrazione del loro interno rancore.

Chi difende i diritti di chi vuol essere normale e vivere in pace senza essere continuamente bombardato da una pubblicità avversa ai suoi principi morali?

L'attacco è continuato, tramite la pubblicità e ogni tipo d'arte, quindi, ciò che era osceno trent'anni fa, ora è puramente artistico, ed è sbattuto in faccia ad ogni essere umano, per impedirgli un'autodeterminazione morale che lo faccia risvegliare dal torpore in cui è caduto.

A questo si aggiunga la debolezza di chi dovrebbe difenderci, e la loro incapacità di risvegliarci per combattere il male che ci sta aggredendo.

L'INNOCENZA

Chi si è elevato a difesa dell'innocenza del giovane?
Pochi sprovveduti con armi spuntate.
Chi si è elevato a difesa dei concepiti e nascituri?
Cavalieri erranti che hanno pagato duramente la loro battaglia, e tutti sono stati a guardare.
Questi attacchi alla morale sono andati intensificandosi, con mezzi sempre più aggressivi come la televisione, il cinema, la pubblicità.

L'AMORE MATERNO

C'erano una volta delle madri che sacrificavano la loro vita per i propri figli.

C'erano una volta bambini innocenti, che con la loro ingenuità rallegravano i nostri giorni, dandoci il senso dell'esistenza degli Angeli.

Ora vediamo solamente impudicizia, tutto ciò che vediamo è sporco, si è perfino distrutto l'amore tra uomo e donna, per farne un commercio e vendere qualsiasi prodotto.

L'amore umano tra uomo e donna, voluto da Dio per la procreazione, è stato strumentalizzato, rendendolo immorale, paragonandolo a qualsiasi depravazione che l'uomo, nella sua perversione, può concepire.

Ora più di prima, ci si avvicina ad una donna solo per soddisfare le proprie voglie (EGOISMO), e non per unirsi a lei con affetto e desiderio di condividerne la bellezza della vita coniugale.

Si sta distruggendo anche la famiglia in quanto baluardo del vero amore donatoci da Dio.

Dov'è l'innocenza, la semplicità, la timidezza, la bellezza dell'ingenuità?

IL SACRIFICIO

Dov'è la purezza dell'amore, il valore del sacrificio, la rinuncia?

Dov'è la sublimazione dell'amore di Dio?

Dove sono gli eroi disposti a sacrificarsi per il bene del prossimo?

Dove sono il rispetto, l'onestà, la gentilezza, la tolleranza?

L'uomo non è più libero di scegliersi la vita che vuole, perché viene continuamente sollecitato, dall'immoralità generale, a seguirne gli esempi, altrimenti cadrebbe in continue frustrazioni, per non averne approfittato dando sfogo al proprio egoismo, liberando i propri sensi.

È molto difficile contrastare il continuo bombardamento,

dei mass media, che ti spingono verso un'immoralità da loro continuamente pubblicizzata.

L'uomo non deriva dalla scimmia, è una scimmia, da come rimane influenzato da tutto quello che vede.

I giovani iniziano a fumare perché vedono altri più adulti farlo, si drogano per lo stesso motivo pur sapendo che ciò è dannoso per la loro salute.

In questo modo, quando vedono dei filmati, costruiti con tutte le illusioni possibili, desiderano copiare quanto di più immorale è loro illustrato, senza sapere dove andranno a finire.

Non hanno valore gli insegnamenti dei genitori o dell'ambiente in cui sono cresciuti, tanto le continue tentazioni li deviano dai buoni propositi e non porranno più freni al loro egoismo e alla voglia di provare.

Cosa succede a chi non tiene sotto controllo il proprio egoismo?

Sappiamo dagli psicologi che ogni deviazione da una vita sana e tranquilla, porta a delle sofferenze psichiche, e difficoltà nell'affrontare la propria esistenza.

Sappiamo dalle notizie di tutti i giorni che, chi vive al di fuori della società, poi ne paga le conseguenze con enormi sofferenze.

Ogni esistenza spesa nella depravazione, porta ad una vita da disperato. Vivendo solo del proprio egoismo, si è emarginati dal prossimo, e l'uomo ha bisogno degli altri per vivere in pace.

Ci vorrebbe una nuova scienza, legata alla psicologia, che studiasse tutti i comportamenti umani e le conseguenze che ne derivano per l'individuo e la società, secondo le scelte, o secondo la propria condotta morale.

I risultati di queste ricerche dovrebbero essere insegnate nelle scuole e divulgate a tutti, come si fa ora con le malattie e possibili cure.

La vita immorale non è appagante, anzi, ogni individuo dovrebbe essere informato sui pericoli cui va incontro se sceglie delle strade sbagliate.

Gli ultimi mali apparsi nel mondo (Aids), frutto di condotte di vita depravate, dovrebbero insegnare qualcosa.

Tramite uno studio statistico, come quello per il fumo, potremmo capire i pericoli cui andremo incontro, a seguito delle nostre scelte di vita.

Già molto lo vediamo dai giornali, come vivono gli omosessuali, i ladri, le prostitute, i drogati, ladri, assassini ecc., e come diventano perseverando nella loro depravazione.

Bisognerebbe proprio creare degli studi (una specie di Scienza del comportamento), corroborati da prove statistiche, che spieghino, dove conduce una vita sregolata, basata sulla **droga, il ladrocinio, la perversione, ecc.**

Questo lavoro doveva essere eseguito dalla psicologia, ma ovviamente, questa branchia della medicina si è arrestata ad uno stadio primordiale, senza evolversi a sviluppare studi più approfonditi sull'animo umano.

L'apertura delle porte del Paradiso, avvenuta con il dono del Padre verso il Figlio, che ha accettato il suo destino, culminante nel sacrificio sulla croce, ci ha anche aperto una nuova era spirituale.

Questa era nuova, porta alla risurrezione dei giusti, e alla comunicazione dei Santi con i vivi.

Gesù stesso, come primizia apparve dopo la morte, con il suo corpo risorto, non solo spirito ma corpo vero concreto e tangibile, se fosse stato solo spirito si sarebbe poteto scambiare per una illusione, invece Tommaso lo toccò e, meravigliato come tutti gli altri, capì il vero senso della risurrezione in una vita infinita e Santa.

Ora se questo è successo a Gesù, primizia delle primizie, tale risurrezione in una vita infinita è stata donata anche a quelli che lo amano e che seguono la sua parola, come egli stesso ci ha promesso.

Noi vediamo nella vita dei Santi, che essi comunicano con Maria, Gesù e tante altre anime di defunti, quindi la comunione con i defunti è permessa da Dio e rientra nelle forze che governano la nostra esistenza.

È vero che purtroppo nei contatti con le anime defunte capita sempre di essere in comunicazione con il male e gli spiriti dannati, ma ciò è solo perché siamo peccatori e non in grazia di Dio, altrimenti la nostra perfezione spirituale ci difenderebbe dall'attacco del male.

Se tentiamo di comunicare con le forze occulte, pur essendo nel peccato, il nostro spirito è debole e facile preda dei vari tentatori, che possono arpionarci facendo leva sui nostri errori.

Ecco perché agli inizi della vita chi comunicava con i defunti era preda del male, non erano ancora state aperte le porte del Paradiso e quindi non era ancora possibile la comunicazione con le anime Sante e risorte all'Eternità, ciò che invece avvenne dalla risurrezione di Gesù.

Da quanto detto poco prima, si desume che, le condanne riportate sulla Bibbia a chi comunicava con i defunti, erano valide in quanto le comunicazioni a quei tempi erano indirizzate solo alle anime dannate, sia per indagare il futuro che per cambiare gli eventi, e ciò è da assimilare alla magia nera.

Dopo la risurrezione di Cristo e la liberazione delle anime dei giusti dal limbo (e loro conseguente risurrezione), il dialogo con le anime sante è diventato possibile, anzi viene continuamente da loro sollecitato, per il nostro e loro bene.

Non bisogna però con questo pensare di poter comunicare con i defunti a nostro piacimento, anzi la strada è un'altra.

Cercate delle anime pie (preti o persone devote a qualche Santo che dedicano la loro vita a pregare per i bisognosi, senza fine di lucro ma solo per amore dei sofferenti), e rivolgete loro le vostre richieste, essi tramite le preghiere intercederanno verso i Santi per sopperire ai vostri bisogni materiali e spirituali, lentamente anche voi imparerete ad amare il prossimo e vi avvicinerete sempre più, alla comunione dei Santi.

Per finire vorrei poi raccontare com'è stata e com'è ancora la mia vita: ogni giorno mi sento attaccato dal male che cerca di tentarmi nei pensieri e nelle azioni, continuamente, e debbo combattere per allontanare da me tutte queste tentazioni.

Il male mi attacca anche nelle azioni quotidiane ed ogni mio passo od azione vengono contrastati con intoppi, errori, disgrazie.

Non esistono più l'amore e la felicità nella mia vita e tutto questo sicuramente è il risultato delle sedute spiritiche fatte in gioventù, e a seguito anche a ciò che il male mi disse in una di queste sedute (poiché non riuscii a contattare i defunti del Purgatorio, a causa dei miei peccati), ed a seguito della mia presunzione di poter affrontare il male a viso aperto, pur non essendo in grazia di Dio.

Effettivamente un giorno si presentò il male e nacque un breve dialogo tra noi.

Io mi sentivo sicuro e forte della mia fede, lo affrontai dicendogli che si meritava la dannazione per il male che aveva e continuava a fare, la sua risposta fu agghiacciante, "non è ancora detto tutto, c'è tanto tempo davanti".

Da allora la mia vita è stata piena di sofferenze, contrarietà e difficoltà quotidiane, tuttora non provo felicità alcuna nelle quotidianità della vita.

Problemi familiari, separazione da mia moglie, distruzione della mia famiglia, mancanza di amore.

Tutto ciò credo sia il risultato di aver sfidato le potenze del male.

Tutto ciò è la conseguenza di avere fatto delle sedute spiritiche.

A chi mi legge: state attenti perché il male cerca sempre di carpirci l'anima e distrugge la nostra vita.

In contrapposizione però sento quotidianamente la protezione di Dio, che mi accompagna in questa vita di sacrifici, e mi ha dato la certezza della sua esistenza.

Pur essendo triste, so di essere sulla via della verità e questo ripaga tutte le mie sofferenze.

Ecco è ora di difendere le nostre anime e quelle dei nostri figli, e cercare di contrastare l'avanzare del male, che cerca tutte le strade per distruggere la creazione di Dio, l'uomo.

Non credere in Dio, vuol dire essere superbi e sentirsi superiori a tutto ed a tutti, e quindi anche a Lui; non ci rendiamo certo conto che, la morte e la limitatezza della nostra vita, sono sempre sopra di noi e ci ammoniscono continuamente sulla nostra convinzione di esseri superiori.

Vedendo il comportamento dell'uomo d'oggi, sempre meno religioso e sempre più amorale, sembra di vedere Adamo ed Eva, che nella loro superbia si sono fatti ingannare dal serpente (dal proprio egoismo).

Forse unico scopo della storia d'Adamo ed Eva è farci riflettere sul vero destino dell'uomo che, con le sue conquiste si sente sempre più potente, fino a considerarsi l'unico del Creato, ma quando giunge la morte, si accorge di poter essere castigato per la sua superbia.

Come ci si può innamorare di Dio? Forse ci ha mandato suo Figlio per questo!

In ogni momento della nostra vita, noi cerchiamo di innamorarci ed entusiasmarci, a questa o quella persona o cosa, se ci rendiamo conto che Dio è più importante di tutto, perché non cerchiamo di entusiasmarci ed innamorarci di Lui? Invece noi evitiamo il Padre, anche se ci consideriamo i suoi figli, e ci facciamo promotori delle sue parole.

Siamo un mondo di ciechi e sordi, ognuno di noi vuole comandare, e guidare gli altri per la sua strada, ma non ci rendiamo conto che siamo tutti diretti nel baratro della nostra dabbenaggine.

C'è sempre qualcosa di superiore alla mia intelligenza, la mia ignoranza.

Gesù Cristo non ci ha dato una religione, ma il suo corpo.

Mentre una religione si può, dimenticare e negare, per l'irrealtà di chi l'amministra, questo non si può dire dell'amore di Gesù, poiché se è dentro di noi, non potremo mai dimenticarlo e tanto meno negarlo; poiché per irreale che possa essere, per il fatto stesso che è dentro di noi, per noi è vivo e reale, più della realtà che noi viviamo, che è così illusoria.

Mentre la religione, che altri amministrano, è qualcosa

d'esterno a noi, e perciò irreale, l'ideale cristiano è dentro coloro che ne danno il senso della loro vita, e perciò vivono, perché Gesù vive in loro.

Quando l'uomo perderà l'ideale (l'amore) di Cristo, cesserà di esistere; non è detto, invece, che anche l'ideale cesserà di esistere al contrario, se quell'ideale è la vita eterna, sarà l'uomo che cesserà di esistere perché non avrà più la vita nel suo animo.

È forse per questo che l'umanità, nell'avvicinarsi alla sua distruzione (perché una fine ci sarà), diventa sempre meno credente e perde continuamente quell'ideale di vita eterna?

Quando Gesù dubitò che al suo ritorno vi fosse ancora la fede, pensava che forse alla fine del mondo, vi sarebbe stata solo una generazione di non credenti, e perciò questa era la fine del mondo.

Se l'umanità è senza fede, non avendo in sé la vita, non vive, ma se non vive, allora a che scopo deve continuare ad esistere questa realtà?

Forse Gesù voleva affermare che la generazione non credente di allora, oppure i non credenti di tutti i tempi, moriranno, vale a dire gli sarà tolta la vita eterna poiché non avendo nel loro animo lo scopo della ricerca del Padre per la propria salvezza, saranno, in effetti, già morti.

18/2/1973

Ci vuole così poco per essere felici, ma ci vuole tanto per continuare a esserlo.

9/3/1973

Bisognerebbe creare un nuovo corpo missionario, ben preparato e con idee ben chiare, da introdurre negli ospedali, specie in quelli psichiatrici, al fine di portare il seme dell'amore.

Ma ciò non deve essere forzato né deve avere le sembianze dell'imposizione che tutti ora ripudiano.

Queste persone con il dialogo e il buon operare, daranno il buon esempio e con la loro fermezza morale, riusciranno a dare ai malati, quella fede di cui mancano e che tanto potrebbe aiutarli a guarire.

Se noi immaginiamo un mondo in cui l'odio permanga a tutti i livelli, e che a ogni azione di violenza ne corrisponda una contraria ben più violenta, si ha lo stesso fenomeno della reazione nucleare, dove a ogni scontro si ha una reazione più violenta.

Si vede subito che una società così concepita è destinata ben presto ad autodistruggersi.

Se a ogni azione violenta è corrisposto un atto d'amore, si riesce ad arrestare la reazione a catena.

Sono quindi validissimi gli insegnamenti di Cristo, e l'unico modo per combattere la violenza e il male sono, reagire con amore, comprensione e perdono.

Quante bestialità e degradazioni, è proprio vero l'uomo non vuole Dio, e per chi non vuole Dio, Dio non c'è.

Il Padre ha donato il Figlio alla crudeltà umana. Ma che amore è questo che per farci capire la nostra crudeltà, accetta di farsi uccidere da noi suoi carnefici e soggetti d'amore?

Se hai qualcosa d'importante da dire, non aggiungervi inutili ricami, orpelli, parolacce, altrimenti queste ultime prevarranno sul discorso, e quello che vuoi dire andrà perso.

Ci sarà giustizia quando la giustizia sarà giusta.

Altri figli Padre hai da curare e di noi potrai dimenticare.

Perché riprendere ed ingigantire le sconcezze degli inutili, in verità essi sono già morti.

Lasciate che imputridiscano.

Lasciate che i morti seguano i loro morti e non spargete putridume su chi è ancora innocente e può salvarsi.

Noi dobbiamo comunicare con la nostra anima.

Ogni allontanamento dalla nostra anima, ci allontana da chi l'ha creata, Dio.

Nulla sarà come prima, siamo tutti compressi in un'evoluzione senza fine.

Pensiamo al bene e al male che il progresso ci ha portato.

L'egoismo umano ha creato un progresso troppo rapido con tutti gli inconvenienti e le disgrazie che sappiamo.

Se l'uomo non fosse egoista, appena inventata l'automobile avrebbe aspettato a produrla, e per prima cosa ne avrebbe analizzato rischi e pericoli.

Se l'uomo fosse stato più accorto nel realizzare le sue invenzioni, avrebbe causato molti disastri e disgrazie in meno.

La sua sterminata sete di potere ha creato le disgrazie lamentate con l'avvento del progresso industriale, diminuendone i benefici.

Tutto il male che è nel mondo, trae origine dall'egoismo umano.

Dove vuole arrivare questa scimmia?
Dov'è il tuo pensiero, lì è la tua anima.

Difendiamo l'innocenza dei nostri figli boicottando tutti quelli che operano per la loro rovina.

Boicottiamo la TV e tutti quelli che vogliono distruggere l'innocenza dei bambini.

Creiamo una morale laica, per difenderci dall'arroganza dei potenti e dei politici che continuamente vogliono degradare i nostri giovani, per trascinarli verso di loro, allontanandoli da ideali d'amore e giustizia, con fini commerciali e politici, per aumentare il loro potere.

Libertà vuol dire poter fare ciò che si vuole purché non si danneggino altri esseri viventi persone, animali, piante, ecc.

Dobbiamo essere liberi da ogni imposizione fisica, psicologica, politica, idealistica o di potere.

Ogni essere umano deve poter scegliere le strade che più gli aggradano senza alcun ostacolo nelle sue scelte, altrimenti è soffocato e non può esprimere il dono che Dio gli ha dato con la vita.

Dio ci ha donato la vita, affinché noi potessimo usarla per sviluppare, sulla Terra, tutti i doni in lei contenuti, al fine di partecipare al suo amore infinito.

La vita è eterna nonostante sia limitata nella sua durata terrena.

Se il fine ultimo è una vita eterna, la nostra vita terrena non è finita, ma è già eterna fin dalla nascita, anzi fin dall'inizio col volere di Dio.

Il periodo di vita terrena ha una valenza eterna, poiché è come noi spendiamo questo periodo, che definiamo ciò che sarà di noi, eterna felicità od infinita sofferenza.

23/01/1982

Siamo in un mondo di visionari.

Ogni momento della nostra vita è come un pensiero, anzi dopo che è passato non è altro che una visione, nulla.

Tutta la vita si traduce in un insieme di visioni.

È la limitatezza del tempo, che rende la nostra vita una visione, e non le dà la concretezza infinita che c'illudiamo di avere.

Ogni gesto, ogni azione che compiamo, ogni attimo che viviamo, non lasciano concretamente nulla dietro di loro.

La relatività di tutto questo è legata alla relatività del tempo, il quale condiziona la nostra vita e le nostre azioni.

Se il tempo non fosse limitato tutto sarebbe diverso, quindi il vivere sarebbe infinito; ogni azione, ogni attimo d'esistenza avrebbe una consistenza ed una completezza continua e persistente, senza termine, senza inutilità, anzi sarebbe rivolta all'infinito.

Non sarebbe più un ricordo ma rimarrebbe costante e persistente in eterno.

Ecco cosa manca all'uomo, il contatto con Dio, la percezione dell'infinito, quindi la coscienza d'essere infinito.

I MIEI SOGNI

Da dove viene il male 1999

Circa quindici anni fa, ero al mare, ad Alba Adriatica, con la mia famiglia, e la notte del 16 agosto, feci un sogno che mi sconvolse.

Ero in una stanza chiusa, assieme ad una donna con un bambino piccolo. Sentivamo che un pericolo incombeva su di noi, in particolare era il bambino ad essere in pericolo e la donna lo teneva in braccio, avvolto in una coperta, come per difenderlo.

Mi sentivo coinvolto, cercavo di difendere la donna con il bambino; avevo chiuso tutte le porte e le finestre, controllavo in continuazione le chiusure, cercavo di tranquillizzare la madre, assicurandole che io ero lì per difenderli e che non avrebbe dovuto aver paura.

La madre se ne stava silenziosa, a guardare il suo bambino che dormiva, non parlava, non rispondeva alle mie rassicurazioni, non mi guardava neppure in viso mentre le parlavo. Lei era chiusa in se stessa, immobile e triste, nell'attesa del peggio, sapeva la verità.

In alcuni attimi riuscivo a vedere il pericolo che incombeva all'esterno della casa, mi sembrava un essere orrendo, il male, cercava di introdursi nella casa per ghermire il bambino. Io mi sentivo al sicuro dentro quelle mura, ed ero convinto che il male non sarebbe entrato.

Stavo pensando a come difendere il bambino, e sentivo che stava accadendo qualcosa di molto strano, che potevo solo percepire, ma non capire o controllare, sentivo che la mia sicurezza stava diminuendo ed aumentava la paura di non riuscire a difendere il bambino dall'arrivo del male.

Queste sensazioni s'ingigantivano e si trasformavano continuamente, ed il male si avvicinava, lo sentivo arrivare, lo percepivo sempre più vicino, senza vederlo. Non era umano, era il sentimento del male.

All'improvviso lo sentivo crescere dentro di me.

Ormai il male era entrato nella casa, era dentro la stessa stanza, ed io non potevo fare nulla per difendere il bambino, perché il male era dentro di me, era nel mio animo e stava crescendo sempre più per colpire.

A quel punto la mia disperazione fu enorme e mi svegliai.

Ecco, il vero male è dentro ad ognuno di noi, è il nostro egoismo, la nostra libertà ed il nostro libero arbitrio, che gli permettono di crescere, e svilupparsi, fino a scatenarsi all'esterno usando il nostro corpo, e distruggendo la nostra anima.

Sogno con Riccardo

Circa cinque anni fa ebbi uno strano sogno.

Ero in un paesino di montagna con mio figlio più piccolo, in una casa di parenti o amici.

Dopo un certo tempo Riccardo ed io ci accomiatammo, e ci avviammo lungo le stradine del paese.

Il paese era molto bello, con case piccole e strade strette. Ogni abitazione aveva all'esterno delle belle immagini religiose, in tutti gli angoli vi erano statue di Santi tutte colorate, in questo villaggio ci si sentiva allegri e felici.

Cominciò ad imbrunire ed uscimmo dal paese per tornare a casa.

Anche il paesaggio era bello, pieno di colline con l'erba verde e rasata.

All'improvviso Riccardo scivolò giù per una scarpata, fino a fermarsi sul letto di un fiume, non tanto grande, ma sufficiente ad impedirgli di uscire.

Io mi precipitai fino al fiume, per soccorrerlo, e dopo alcuni tentativi, riuscii a sollevarlo ed a portarlo in salvo. A questo punto mi svegliai e meditai su quanto avevo sognato.

Lo stesso sogno si ripeté dopo circa due anni, quasi identico.

Nel periodo più intenso delle comunicazioni con la signora Maria, ebbi alcuni sogni molto espressivi e premonitori sulla sua salute, ve ne racconterò alcuni.

Primo sogno

Era un periodo in cui la signora Maria non stava bene, in sogno vidi la sua immagine.

La vedevo molto serena, ma ero preoccupato per la sua salute, all'improvviso la vidi in modo diverso, e cominciai a vedere dentro di lei; nella sua testa comparve una macchia molto piccola, ma la signora Maria stava bene e sembrava non preoccuparsi di ciò che le era successo.

Dopo circa un mese, la signora Maria si sentì molto male: fu ricoverata in ospedale a seguito di un collasso dovuto ad un'ischemia celebrale.

La signora Maria ritornò a casa dopo circa una settimana e si riprese molto bene tanto che, sono già passati quindici anni senza che vi siano state ricadute così gravi come quella.

Secondo sogno

Era un periodo che la signora Maria, stava sempre male. Io ero molto preoccupato per la sua salute e pensavo che presto se ne sarebbe andata, pregavo spesso per lei.

Una notte sognai di trovarmi, all'interno di una corte di piccole abitazioni messe in cerchio, con dei portici per accedervi dall'esterno, la parte interna del cerchio era tutta percorsa da un porticato, sul quale si aprivano delle porte, una vicina all'altra.

Nella parte interna del porticato vi era una cancellata continua, circolare (alta circa tre metri), con un cancello per accedere all'interno del cerchio. Il cancello d'accesso era chiuso, ed oltre la cancellata si vedeva un immenso prato ordinato, bello e pulito, in fondo non si distingueva molto chiaramente, ma c'era una maestosa costruzione, bellissima ed irraggiungibile.

Mi ritrovai tra la cancellata e le porte, sotto il porticato e cominciai a girare per trovare un accesso qualsiasi.

All'improvviso vidi dentro di una di queste porte la signora Maria, sembrava molto giovane e possente, vestita di un bel vestito a fiori a balze molto larghe, sorrideva, non riuscivo a capire la situazione in cui mi trovavo.

Quando mi svegliai, per diversi giorni mi concentrai su quel sogno, ed intesi che la signora Maria non era ancora pronta per attraversare quel cancello, per entrare in Paradiso.

SOGNI CON MIO PADRE

A non più di un anno dalla morte di mio padre feci un sogno bellissimo, dove lui mi apparve.

Ci trovavamo in un aeroporto nell'attesa di prendere l'aereo per un viaggio.

Mio padre era molto sereno e mi stava sempre vicino, anche se non lo sentivo parlare.

Giravamo per l'aeroporto nell'attesa della partenza, poi salimmo sull'aereo e lo vidi partire avendolo sempre davanti a me, felice di starmi vicino.

Devo specificare che non avevo mai fatto un viaggio in aereo, e che viaggiare per il mondo, era sempre stato un mio sogno.

Dopo alcuni mesi feci il primo viaggio in aereo per lavoro.

Vorrei anche ricordare che quando comunicavamo con lo spirito di mio nonno Ruggero tramite la signora Maria, questo ci disse che, quando mia sorella da ragazza aveva viaggiato in aereo per andare in collegio a Trinidad, lui era stato sempre al suo fianco.

Ebbi poi molti altri sogni dove vedevo mio padre felice, e penso che lo scopo di questi sogni fosse di tranquillizzarmi.

Di solito quando non dormo medito sulla vita di Gesù sul suo sacrificio e su tutto quanto ne consegue.

Un giorno, come mi capita spesso, cominciai a pensare all'esistenza di Dio.

Questo è un pensiero costante per me, poiché è basato su un'indagine spirituale che sto portando avanti da diversi anni.

Vi è un'unica realtà e verità, ciò ci è stato detto da Gesù, ma deriva anche dalla ricerca scientifica, infatti, la metodologia ci dimostra l'esistenza di un'unica legge universale per tutto l'universo.

C'è un unico Creatore di tutto ciò che esiste, che noi chiamiamo Dio.

Se Dio esiste, non può essere ciò che l'uomo pensa, ciò che ha cercato di spiegare per mezzo di tutti i suoi pensieri filosofici e religiosi, ma deve essere qualcosa di concreto, che può pensare ed agire sopra di tutto e di tutti. Effettivamente Dio è sempre stato vago nel descriversi, si è sempre nascosto all'uomo nella sua vera natura, forse perché l'uomo non può capirla.

Dio esiste e quindi, se esiste, dovrà essere qualcosa di concreto, anzi personale, prima persona della TRINITÀ.

Allora se Dio esiste quello che noi percepiamo di Lui, Luce, Energia, Potenza, sono solo dei riflessi, punti di contatto della sua realtà con la nostra.

La realtà di Dio è superiore alla nostra, ma non ne è esclusa, anzi la concretezza umana e terrena è compressa in una verità superiore totalizzante e completa.

Se noi pensiamo a Dio come costituito da luce ed energia, lo minimizziamo ad un qualche cosa d'astratto ed evanescente che non può pensare né agire, invece Egli è superiore a qualsiasi nostro pensiero, ma proprio perché pensa ed agisce è qualcosa di veramente concreto, è una persona.

Tutto ciò che ha fatto, ci dà la conferma della sua esistenza e presenza.

Ancora sveglio, immerso in queste mie meditazioni, all'improvviso mi sono sentito baciare sulla guancia, ho sentito chiaramente delle labbra vere, consistenti che mi hanno sfiorato sulla guancia sinistra.

Lungi dal pensare che questo bacio venisse da Dio, ho poi pensato che fosse il bacio di mio padre defunto, che in questo modo mi dava la spiegazione della sua vera esistenza materiale.

A Parigi

Nell'autunno del 1998 mi recai a Parigi per lavoro.

Mi trovavo in un albergo di periferia, dopo aver combattuto tutto il giorno con le tentazioni che mi colpivano continuamente, mi addormentai.

Durante la notte, nel buio della stanza, non so esattamente se ero sveglio o se sognavo, sentii una presenza negativa.

Cominciai a sudare e tremare dalla paura. Non riuscivo a muovermi.

Mi accorsi che questa presenza si avvicinava sempre più, fino a raggiungere il mio lato destro, aggrappandosi al braccio cercava di tirarmi verso di sé.

Io ero impietrito dalla paura e pensai a Gesù ed a Maria, non riuscendo però a pregare.

All'improvviso sentii che qualcuno si era attaccato al mio lato sinistro e tirava verso di sé, cercando di strapparmi alle grinfie del male che continuava a tirare dall'altra parte.

Dopo alcuni minuti, con un gran sollievo, mi accorsi che sul lato destro, il male aveva lasciato la presa, e mi ritrovai completamente libero.

Capii che le tentazioni, attirano i nostri pensieri spostandoli verso il peccato, mentre la nostra anima cerca degli appigli per sottrarci al male.

Nel mese di giugno del 2000, mentre dormivo, stavo sognando qualcosa che non ricordo più, all'improvviso sentii qualcuno avvicinarsi da molto lontano, sembrava scendesse dall'alto, non ne percepivo il viso né la forma, ma solo la presenza.

Mentre si avvicinava lentamente, io sentivo che era qualcosa di bello e consolatore.

Non provavo paura in quel momento, ma sentivo che ciò che si avvicinava era bellissimo, quasi luminoso, senza aver l'effetto della luce, mentre si avvicinava, la sua bellezza aumentava in modo esponenziale, sempre più candido e sempre più vicino.

Quando quella sensazione mi fu di fianco, persi tutta la mia razionalità e potei solo esultare nel percepire una bellezza infinita "Ma com'è bella", e mi accorsi che era Maria, nostra Madre.

Quella sensazione di purezza mi rimase in mente per alcuni giorni ed andò affievolendosi col tempo.

13/02/2000

In noi è l'immortalità.

Ciò che noi facciamo, proviamo, pensiamo, è tutto registrato nella memoria infinita ed è tutto misurato, calcolato e pesato.

Guardando la nostra esistenza, e pensando al breve tempo di vita terrena, ci accorgiamo di essere dei disperati, inutili ed incapaci di modificare la realtà che ci circonda.

Invece se consideriamo la nostra esistenza dal punto di vista dell'eternità dataci dalla nostra anima, ogni nostra azione ha un senso infinito, ogni nostro gesto ha una spiegazione; quindi nella nostra esistenza è inserito un progetto che si prolunga oltre la vita terrena, in uno spazio temporale infinito.

Allora se noi intravediamo che questa nostra vita può prolungarsi oltre la morte del nostro corpo, possiamo prendere coscienza della possibilità di una vita immortale, e quindi dobbiamo con tutto il nostro essere ricercare la verità, che ci conduce al Padre.

Solo questa nostra presa di coscienza, ci avvicina al nostro Creatore e ci permette di seguirlo nel disegno d'immortalità, che Lui ha posto in noi.

LE MIE COMUNIONI

DATA D'INIZIO 10 / 10 / 1999

Solo ora, a 54 anni, mi decido a scrivere i pensieri che mi appaiono quando faccio la Comunione.

Ogni volta che in chiesa, durante la messa, mi concentro sul sacrificio di Gesù, la mia mente vaga e si disperde in pensieri strani: alcuni riguardanti, la vita quotidiana ed i problemi del mio lavoro (molte idee e soluzioni importanti si sono concretate in quei momenti), altri invece sono pensieri sulla fede, ed in particolare sulle sofferenze di Gesù.

La mente si apre, ed il pensiero si espande negli spazi infiniti.

10 / 10 / 1999

Pensando alla sofferenza concreta, durante la crocifissione di Nostro Signore, mi sono concentrato su quante messe sono e saranno eseguite in tutto il mondo, in migliaia di chiese, e per infiniti anni a venire, e come ognuna di queste messe sia un dono d'amore di Dio, comprensivo del suo perdono sparso per tutto il mondo, per tutta la gente e per tutti gli anni futuri.

Molto spesso nei miei pensieri mescolo la fede in Dio con il bisogno umano di capire scientificamente, od almeno in modo razionale, tutto ciò che ci unisce a Lui, e tutti i misteri contenuti nell'unione della nostra materia con la Sua.

Ritornando al pensiero d'oggi, cercavo di capire e collegare razionalmente, le sofferenze di Dio, alla sua aspersione d'amore infinito su tutto l'universo.

Collegando ciò con il perdono che Gesù, sulla croce, ha

chiesto per i suoi carnefici (sentimento questo non certamente umano), la risposta viene da quel soldato romano che lo vide sulla croce e disse: "Veramente Quest'uomo era figlio di Dio". (Mc 15,39)

È proprio perché Dio è infinito, che la sua sofferenza è infinita, il suo perdono è infinito, il suo amore è infinito, e tutto ciò fino alla fine dei secoli (sparizione della dimensione tempo).

Noi uomini non meritiamo certo il perdono di Dio, perché lo abbiamo rifiutato, ma grazie al suo amore, Egli non ci abbandona e cerca in tutti i modi di attirarci verso la verità unica ed infinita che è Lui.

Se esiste Dio esiste anche un'unicità infinita, un'unica verità, incrollabile ed infinita.

Noi esseri umani vaghiamo, per tutti i secoli del nostro cammino, alla ricerca di questa verità, ma ne scopriamo solo piccoli pezzi, giacché non siamo degni di scoprire tutto e subito.

Lo scopo della nostra vita è di cercare la verità che come fine ultimo ci porta a Dio, ma non possiamo arrivarci subito perché in noi c'è stato un gesto di rifiuto.

Com'è possibile capire chi riempie l'universo, senza credere nella Sua esistenza? È come voler scalare una montagna, rifiutando la sua stessa esistenza, andremo per campi, dispersi senza neanche immaginare cos'è una montagna.

Ne consegue che il destino dell'uomo è scoprire Dio, cercandolo nell'infinità del tempo, purgando tutte le proprie scorie di rifiuto che lo hanno allontanato dal Padre.

Fortunatamente il Padre ci ha donato anche la fede, che ci permette di sentirlo vicino, indipendentemente dalla nostra difficoltà a scoprirlo razionalmente.

Cos'è la fede, se non l'amore verso il Padre?

La nostra riconoscenza per il Suo amore.

Domenica 20/11/99 ore 8 Comunione

La mia mente vagava e da una frase della Bibbia, ho cominciato a pensare alla Creazione.

Prima c'era Dio poi gli angeli, esseri superiori ed immortali, poi venne l'uomo, essere inferiore e mortale, a cui Dio diede l'anima per diventare immortale come gli angeli.

Questa scelta di creare degli esseri inferiori, destinati a diventare pari agli angeli, diede fastidio ad una parte di essi, in particolare al più vanaglorioso tra loro, quello che si riteneva superiore agli altri, per la sua bellezza e forse anche per la sua posizione di prestigio rispetto agli altri.

Quest'angelo cominciò a detestare ed odiare l'essere creato da Dio, l'uomo, e cercò di distoglierlo da Dio.

Il male cominciò a tentare l'uomo, fino a che, nella sua ingenuità e debolezza, questi lo seguì e si allontanò dal Padre.

Dio diede all'uomo quello che voleva, l'autodeterminazione della propria esistenza e pensiero, in pratica la possibilità di allontanarsi dal suo Creatore. Questa scelta lo allontanò dall'amore del Padre, poiché l'uomo rifiutò il progetto di perfezione che Dio aveva posto in lui.

Dio poi condannò l'angelo vanitoso perché, oltre a rifiutare il suo amore, tentò di rovinare la Sua creazione.

Da allora i due esseri imperfetti, l'uomo e il serpente, sono destinati a vivere in continua contrapposizione.

Dio, perdonando l'uomo per il suo errore, cerca in continuazione di attirarlo a sé, nonostante voglia rispettare a tutti i costi, la sua libertà.

Nello stesso momento, Dio ha condannato in eterno l'angelo peccatore, che partendo da una condizione superiore all'uomo e quindi a conoscenza della perfezione del Padre, è caduto ad un livello inferiore a quello della creatura di cui era geloso.

Il male cerca quindi di rovinare l'uomo, per vendetta alla dannazione ricevuta.

Padre tu mi hai donato tutto, con il tuo amore, la vita per potermi riscattare dal mio gesto di ribellione al tuo amore, ed io cosa posso darti?

L'anima che mi hai donato, assieme al mio spirito.

Domenica 21 / 11 / 1999
Dalla prima lettera di S. Paolo apostolo ai Corinzi.

Pensando a quanto riportato sulla lettera di S. Paolo, mi ricollego ai pensieri relativi al futuro dell'umanità.

La creazione dell'universo e la nostra vita piena di sofferenze devono avere un senso.

Cristo è venuto per istruirci e per farci capire la realtà delle cose.

Vi è una sola ed unica verità che è quella di Dio, e l'uomo si arrabatta ogni giorno in strade sempre diverse per trovare quella giusta, senza riuscirci. L'umanità compie dei piccoli passi verso la verità, l'uomo è destinato ad arrivare a Dio con il suo cammino incerto, tra difficoltà, sofferenze, scoperte.

Successi ed insuccessi sono piccoli passi verso la comprensione e rivelazione del Padre.

Non dobbiamo temere delle cadute momentanee dell'uomo nel male, certo dobbiamo adoperarci tutti per evitarlo, ma proprio nel brano del Vangelo citato, vi è la spiegazione del cammino dell'umanità verso Dio Padre.

Dopo aver ridotto al nulla ogni principato e ogni potestà e potenza. Bisogna, infatti, che egli regni finché non abbia posto tutti i nemici sotto i suoi piedi. L'ultimo nemico ad essere annientato sarà la morte.

Sarebbe bello pensare che l'uomo è destinato, nel suo peregrinare infinito, a comprendere e trovare Dio sulla Terra e così vincere la morte, grazie al sacrificio di Cristo ed all'amore del Padre.

Gesù stesso ci ha lasciati nel dubbio, dandoci con il suo esempio, tutta la responsabilità di ottenere quanto promessoci con le nostre forze, tutto dipende dalla nostra volontà, grazie però all'appoggio ed all'amore di Dio.

Quando tutto sarà stato sottomesso, anche lui, il Figlio, sarà sottomesso a Chi gli ha sottomesso ogni cosa, perché Dio sia tutto in tutti.

Io sono l'Alfa e l'Omega, Colui che è, che era e che viene: tenete saldo il dono della fede fino al mio ritorno.

L'anima mia magnifica il Signore, ed il mio spirito esulta in Dio, mio Salvatore, perché ha guardato l'umiltà della sua serva.

Parole di un'anima pura, libera da ogni costrizione. Chi ha donato tutto se stesso a Dio, da Dio ha ricevuto i doni di santità.

Com'è difficile rinunciare a tutto il giorno d'oggi; quanti desideri inappagati, quanti bisogni il nostro corpo e la nostra curiosità ci richiedono.

Cos'è che ci rende schiavi e non liberi di far volare la nostra anima verso Dio Padre?

Esigenze materiali richieste dal nostro corpo.

Tra queste abbiamo i bisogni dovuti al nostro corpo animale, (sessuali, bisogni di cibo, benessere, ecc.).

Esigenze del nostro pensiero (desideri).

I bisogni del nostro pensiero, sono costruiti da ciò che coinvolge la nostra mente, quindi tutte le cose che colpiscono i nostri sensi diventano desideri. Esempio, ciò che vediamo negli altri, nella società, è da noi desiderato perché lo confrontiamo con quanto noi abbiamo, e desideriamo ciò che ci manca.

La società, ci trasmette in continuazione dei modelli che sono da noi desiderati e quindi seguiti; **non possiamo certo desiderare ciò che la nostra mente non vede.**

La curiosità dell'uomo, lo porta a desiderare tutto ciò che non ha, solo perché esiste, ma in questo modo assopisce la propria coscienza per dare sfogo alla sua curiosità.

In passato le cose che l'uomo poteva desiderare erano limitate e quindi v'era più tempo per meditare e discernere il bene dal male.

Ora tutto è diventato più difficile, poiché le cose desiderabili sono innumerevoli, e tutto il giorno veniamo bombardati con immagini di modelli che la nostra mente fatica ad accantonare.

Lo sanno bene i politici, che istruiti dai pubblicitari, fanno di tutto per imporre la loro presenza con la pubblicità.

Siamo veramente liberi di scegliere?

Quando ciò che c'è mostrato così sapientemente e con

ostinazione continua, è tutto falso?

Perché si mostra solo il lato buono e non quello negativo?

Perché tutte le forze politiche sono arrivate a scambiare parte del loro potere, in cambio di denaro, per sostenere le loro campagne pubblicitarie?

Ecco la Santità di Maria, ha posto Dio sopra tutto, e non si è fatta coinvolgere nelle tentazioni che la vita le prospettava.

Ha rinunciato a tutto per seguire il suo unico amore, la verità che è unica in tutto l'universo "DIO è Amore".

Queste stesse cose sono state dette duemila anni fa dalla prima lettera di S. Paolo apostolo ai Tessalonicesi.

Non spegnete lo spirito, non disprezzate le profezie, esaminate ogni cosa, tenete ciò che è buono. Astenetevi da ogni specie di male.

Tutto ciò quando non vi era la pubblicità perversa ed ossessiva dei giorni nostri.

L'umanità deve difendersi dalla spirale perversa dell'uso indiscriminato della pubblicità, che non dà respiro all'anima, e non lascia l'individuo libero di scegliere.

19/12/99 Barcellona

Ossessione del peccato.

Ho peccato mio Dio, e ti chiedo perdono, ma ti prego, perdona questa mia caduta, e rafforza il mio pensiero per vincere le tentazioni.

Perché l'uomo è così debole che cade spesso in tentazione, e poi per rialzarsi deve percorrere una strada più lunga per giungere al pentimento?

La curiosità ci spinge al peccato, l'amore di Dio e la nostra anima ci guidano fino al pentimento.

Se siamo veramente pentiti, perché questo non dura per sempre?

Invece, noi ricadiamo spesso nei nostri peccati e perdiamo la strada che ci conduce alla perfezione ed alla salvezza?

6/1/2000

Le tentazioni sono solo terrene, e quindi limitate nel tempo. È vero che dobbiamo temere il male che ci vuole conquistare, per colpire l'amore di Dio per noi, ma solo su questa vita terrena gli è permesso di colpirci.

Il male non potrà mai colpirci dopo la morte, perché gli sono state chiuse le porte del Paradiso, lì non potrà oramai più operare.

Resistiamo fino a quando saremo andati al Padre, le tentazioni cui siamo soggetti non sono infinite, ma solo limitate e terrene, non potranno mai agire nella nostra seconda vita che è Eterna.

Prendendo spunto dalla realtà della nostra immortalità, dobbiamo pensare che se alla nostra morte meritiamo il castigo Divino, per il male commesso verso la sua creazione, noi perdiamo anche il bene infinito, che Dio ci ha donato, in pratica la nostra Anima.

Se durante la vita, le nostre scelte sono per il bene, la nostra immortalità rimane in noi, invece la perdiamo se le nostre scelte sono contrarie al bene.

Ogni azione buona d'amore ci spinge verso l'infinito e quindi è una scelta immortale per l'eternità, mentre le opere d'egoismo, contrarie al bene, sono qualcosa che ci dà solo una soddisfazione limitata in questa vita mortale, e ci allontana dalla vita infinita; ci fa cadere nel tempo limitato della nostra vita terrena.

Per vivere la nostra completa vita immortale dobbiamo scegliere la strada che ci conduce al Padre, abbandonando le ricchezze e le tentazioni di questo mondo.

Il Purgatorio ha lo scopo di allontanare, nelle anime imperfette, le scorie accumulate durante una vita consumata nella sola ricerca delle soddisfazioni umane e quindi della vita terrena.

16/01/2000
Prima lettera di S. Paolo ai Corinzi.
"Fuggite la fornicazione. Qualsiasi peccato l'uomo commette, è fuori del suo corpo; ma chi si dà all'impudicizia, pecca contro il proprio corpo.

O non sapete che il vostro corpo è tempio dello Spirito Santo che è in voi e che avete da Dio, e che non appartenete a voi stessi?

Infatti, siete stati comprati a caro prezzo (sacrificio di Gesù).

Glorificate dunque Dio nel vostro corpo”.

Com'è difficile vincere le tentazioni, eppure tutto ciò ha un senso, uno scopo. Non siamo schiavi del male, ma spesso ci facciamo tentare e cadiamo in peccato.

L'amore di Dio ci perdona, per portarci dove chi ci tenta non potrà mai entrare, gli si sono precluse le porte.

Si è lasciato agire il male, ma il Padre non ha rinnegato la sua creatura, ci ha donato Gesù, il Suo unico Figlio per rimediare alle ingiustizie del male.

Ecco la forza di noi Cristiani, risorgiamo ad ogni pentimento, col quale abbiamo la forza di tornare al bene, per combattere la nostra battaglia contro il nemico di Dio.

Dio ha voluto, che fossimo noi deboli creature umane a vincere chi ci vuole distruggere, e ci ha dato le armi per farlo, la nostra anima.

17/02/2000

Un pensiero veloce mi apparve:

Ero in una piazza semicircolare con un lastricato di mattoni scuri.

Davo le spalle al centro della piazza ed ero sul bordo circolare del lastricato di mattoni, guardavo verso l'esterno.

Vedevo un paesaggio irreale ed immenso, come se fosse infinito oltre l'orizzonte.

Tutto era pieno di luce e colori, la luminosità era massima all'infinito. Quest'immagine ebbe la durata di pochi secondi, ma subito pensai di essere di fronte all'Infinita realtà, di cui noi siamo una piccola parte.

Tutto il paesaggio era continuo con la piazza, non vi era divisione alcuna tra la piazza scura e limitata alle mie spalle, come uno spicchio di mattoni a bordo semicircolare.

Io ero sul bordo esterno della piazza, vi era continuità perfetta, tra la linea semicircolare di mattoni scuri, con l'immensità dello spazio che si stendeva oltre la linea di mattoni.

Lo spazio tridimensionale era continuo senza interruzioni tra cielo, terra, orizzonte, davanti e dietro, solo la zona della piazza di mattoni dove io mi trovavo era diverso, meno bello, meno luminoso, quasi in bianco e nero. Guardai per un attimo all'infinito e vidi una bellezza di colori in continuo movimento, ma sempre bello ed infinitamente vario.

Sentii una liberazione nell'animo ed una gran felicità, ma non feci in tempo ad assimilare questa presenza perché la visione durò solo un attimo.

Pensai che sarebbe bastato un passo per andare oltre e trovarmi nell'immensità della luce.

Eppure mi sembrava un tutt'uno, lo spazio ridotto della piazza e lo spazio infinito della visione.

È proprio vero che pur essendo compressi in uno spazio-tempo mortale, siamo anche dentro uno spazio-tempo immortale vale a dire infinito.

Che gioia poter attraversare quella riga che divide i due spazi, e trovarmi nell'immensità della realtà infinita, ma quanto ci costa su questa vita un tale passo?

04/03/2000

Mi appresto alla Comunione domenicale, e mi accorgo che non riesco a concentrarmi sul sacrificio di Gesù.

Mi assalgono tutti i pensieri della settimana passata, in particolare tutti i desideri materiali, tutte le delusioni, ed il mio animo si distanzia sempre più dal sacrificio di Nostro Signore.

Dall'interno sento una meditazione che cerca di affiorare in superficie, è come se fosse in fondo ad un pozzo, e tutte le idee che assalgono la mia mente ne oscurano la luce e ne impediscono la risalita verso la superficie, per diventare un pensiero concreto, che la mia anima aspetta, per effondersi nell'immensità dell'amore di Dio.

Mi sforzo di allontanare dalla mente quei ragionamenti, poiché mi allontanano dalla mia anima che vuole affiorare.

Prendo coscienza della debolezza della mia volontà, che si lascia allontanare dall'anima per perdersi nelle misere complicazioni quotidiane.

Un pensiero perso, eppure era così bella la luce che la mia mente intravedeva tra le disperazioni terrene.

1999

Con il nostro continuo attaccamento alle gioie terrene stiamo cedendo gradualmente al male e distruggiamo, giorno dopo giorno, la santità della nostra anima.

Penso al sacrificio dei parroci che hanno donato la loro vita per aiutarci ad avvicinarci alla verità.

Vedo questi consolatori allontanarsi dal popolo di Dio, manca la loro presenza continua in mezzo al gregge.

Penso che siano distratti dal loro compito da innumerevoli obblighi materiali. Spero che un domani possano essere liberati dagli impegni che li allontanano dalla loro missione.

Vedrei un ritorno alla predicazione, come nei primi anni di vita della Chiesa, dove i discepoli sono accolti in case di fedeli ospitali; passando di famiglia in famiglia, con la loro costante presenza, in mezzo alla gente comune, aiutano le persone a rimanere più vicine alla parola del Signore.

Penso che si possa cominciare con una maggiore presenza dei laici nella gestione della Chiesa, e di tutte le incombenze che i religiosi devono svolgere.

Tutte le famiglie d'ogni parrocchia, dovrebbero essere più unite, la domenica potrebbero accogliere qualche religioso per partecipare al pranzo in comunione. In seguito, i religiosi potrebbero partecipare, per periodi limitati, anche alla vita del gruppo o delle famiglie che li ospitano.

Questa vicinanza e partecipazione dei religiosi alla vita delle famiglie, potrebbe essere molto utile, soprattutto per i giovani, che avrebbero vicino delle persone in grado di aiutarli a capire meglio i mali ed i pericoli della società d'oggi.

Marzo-2000

Attacco frontale alla Morale Cristiana.

Dopo la seconda guerra mondiale, l'uomo ha raggiunto il benessere e la ricchezza; invece di ringraziare chi glieli ha fatti avere, si è sempre più inorgoglito, allontanandosi da chi lo ha tanto amato.

Ecco l'uomo pensa che tutto quello che ha sia merito suo, e si ritiene sempre più potente e giudice del proprio destino.

Qui sta il pericolo: allontanandosi dalla verità, per dare sfogo a tutto il proprio egoismo, l'uomo ha perso la sua anima.

Scegliendo la massima libertà si è allontanato dal Padre, divenendo schiavo del peccato, e difficilmente riuscirà a liberarsi dalla stretta del male. Bella libertà!

17/03/2000

Il Padre si sentiva solo e decise di popolare l'universo con creature diverse che lo amassero.

Creò l'uomo e pensò che, per avere il suo amore e riconoscimento di padre, doveva lasciarlo completamente libero, altrimenti da questa creatura non avrebbe avuto vero amore ma solo un riconoscimento della sua superiorità.

30/04/2000

Dio ha voluto farci capire la realtà della vita, e per fare questo ha dovuto farci conoscere la verità.

Ci ha mandato il Figlio per rivelarci il suo amore e prospettarci l'infinità del proprio progetto creativo.

Come poteva Dio farci conoscere ciò che il nostro essere non poteva capire, per mancanza di riferimenti reali?

La nostra realtà ci fa rimanere a terra e c'impedisce di vedere oltre i nostri sensi.

Non possiamo capire ciò che i nostri sensi non possono rilevare, eppure Dio è sceso tra noi, si è fatto uomo, Si è abbassato ad essere umano, per farci capire la Via la Verità e la Vita.

Come poteva Dio farci capire che la nostra vita non era limitata all'esistenza terrena, ma era proiettata verso un futuro infinito?

S'è fatto uomo, un essere debole come tutti noi, s'è fatto trafiggere dai nostri peccati, per metterci di fronte agli occhi la potenza della nostra cattiveria, ci ha dato il suo perdono per debellare il male insito nel nostro animo e risorgere al bene; è risorto per dimostrarci l'infinità della sua e nostra vita.

In definitiva Dio ha creato un altro essere immortale suo figlio Gesù, per farci capire che anche noi esseri mortali, siamo figli suoi, e siamo destinati a diventare immortali come Lui.

Dio ci ha donato la sua immortalità, ed è per questo che esseri, che prima erano immortali, cercano di colpire l'uomo, perché destinato a diventare essere superiore, mentre loro sono destinati a decadere alla materialità più infima.

Quando l'universo si restringerà fino a scomparire, sarà distrutta tutta la realtà materiale e sarà la fine dei tempi, non vi sarà più il tempo a decidere delle sorti delle creature, ma resteranno solo le creature infinite.

Tutto ciò che faceva parte della vecchia realtà terrena scomparirà, e con essa scompariranno anche il male e chi lo ha sostenuto.

Ecco perché Dio ci vuole portare fuori da questa realtà, vuole allontanarci definitivamente dal male per salvarci dalla distruzione finale, dove non vi sarà più nulla, questo invece è il destino di chi ha voluto alimentare il male colpendo le creature di Dio.

07/05/2000

Oggi ho sentito in chiesa una frase che non avevo ben meditato in passato. Quando Gesù ritorna dai discepoli dopo la resurrezione, non lo riconoscono e pensano che sia un fantasma, Egli dice loro di toccarlo per rendersi conto che è proprio lui in carne ed ossa.

La suddetta frase mi ha colpito perché anche noi, ora se pensiamo di trovarci davanti a Gesù, lo immaginiamo come un fantasma evanescente, come se l'esistenza dopo la morte fosse qualcosa d'irreale; invece Lui ci ha detto di non aver paura perché dopo la sua resurrezione, Egli è veramente concreto e non evanescente o solo spirito.

Ecco la verità, la via e la vita vera, sono quelle dopo la nostra morte, perché saranno piene d'esistenza, concretezza infinita, il tempo non potrà influire sulla nostra esistenza e sulla nostra materia futura.

Gesu è disceso a questa realtà, poi è risuscitato per darci la concreta esistenza della vita materiale dopo la morte.

A Lui dobbiamo affidarci per la nostra futura vita, perché ci ha mostrato la strada, e ci ha fornito le vere prove della sua esistenza.

Come ho scritto in precedenza, Dio non può essere solo luce o energia, la luce non parla, non agisce, non crea, è stata creata come tutte le altre creature.

Quindi quando Dio creò l'universo, Lui già esisteva, esisteva già una realtà concreta, pensante e capace di agire, l'universo non era vuoto ma pieno di una realtà immensa, che copriva tutta l'esistenza, lo spazio ed i tempi, e questo era Dio, altrimenti nulla sarebbe stato creato, da nulla non nasce nulla.

Dio, nella sua bontà infinita, volle che altri individui condividessero l'infinità del suo amore, per questo ha creato delle creature, che non potevano essere come lui immediatamente, ma lo sarebbero diventate se il loro animo si fosse avvicinato al suo.

Dio voleva essere amato come Padre, ma di un amore disinteressato, gratuito come il suo, perciò ha lasciato l'uomo libero di scegliere se amarlo o no.

Il vero amore è tale, solo se è disinteressato e nasce dalla sofferenza, come Gesù ci ha dimostrato.

Dio non poteva creare subito degli esseri immortali come lui?

Non sarebbero stati autonomi ma schiavi, non avendo di loro scelta optato per l'amore infinito.

Allora questi esseri dovevano passare al vaglio di una vita piena d'incognite, in modo che solo quelli che si sarebbero adoperati per cercare il loro Creatore, ed avessero avuto lo stesso sentimento d'amore, sarebbero diventati come Lui. Come potrebbe un regno reggersi se i suoi abitanti hanno pareri diversi?

La vita ed il regno perfetti, per esistere devono riflettere l'amore di Dio in tutti i suoi abitanti, e la felicità infinita sarà solo appannaggio di chi sa amare come il Padre.

Ecco, Dio ha voluto preparare un regno di felicità infinita per i suoi figli, è disceso fino a noi ed ha sofferto pene infinite per riscattarci al bene, e portarci nel suo regno.

20/05/2000
I nostri sacrifici saranno riconosciuti in eterno.

04/06/2000

Chi vive fuori natura non ha niente da insegnare agli altri.

La divulgazione (informazione giornalistica) del male, ci rende complici del male stesso, così pure per le varie depravazioni.

Non c'è diritto di notizia che tenga.

Giugno 2000

Gesù, Maria cosa devo scrivere?

Perché quando penso le cose che scrivo durante il pensiero mi sembrano così importanti e chiarificatrici, ma dopo sembra che perdano tutta la loro luce?

04/06/2000

Tutto scompare e tutto sarà dimenticato tranne l'amore di Dio.

11/06/2000

L'apertura delle porte del Paradiso, avvenuta con il dono del Padre ed il sacrificio del Figlio, ci ha anche aperto una nuova era spirituale.

Questa era nuova, porta alla risurrezione dei Santi, ed alla comunicazione dei Santi con i vivi.

Gesù stesso, come primizia apparve dopo la morte con il suo corpo risorto, non solo spirito ma un corpo vero concreto e tangibile.

Fosse stato solo spirito si poteva scambiare per un'illusione, invece Tommaso lo toccò e, meravigliato come tutti gli altri, capì il vero senso della risurrezione in una vita infinita, santa, eterna.

Ora se questo è successo a Gesù, primizia delle primizie, tale risurrezione in una vita eterna è stata donata anche a quelli che lo amano e che seguono la sua parola, come lui stesso ci ha promesso.

Noi vediamo che nella vita dei Santi, essi comunicano con Maria, Gesù e tante altre anime di defunti, quindi la comunione con i defunti è permessa da Dio e rientra nelle forze che governano la nostra esistenza.

È vero che purtroppo nei contatti con le anime defunte capita spesso di essere in comunicazione con il male e gli spiriti dannati, ma ciò è solo perché siamo peccatori e non in grazia di Dio, altrimenti la nostra perfezione spirituale ci difenderebbe dall'attacco del male.

Se tentiamo di comunicare con le forze occulte, pur essendo in peccato, il nostro spirito che è debole, diviene facile preda dei vari tentatori.

Ecco perché prima della venuta di Cristo, chi comunicava con i defunti era preda del male, non erano ancora state aperte le porte del Paradiso e quindi non era ancora possibile la comunicazione con le anime Sante e risorte all'Eternità, ciò che invece avvenne dopo la risurrezione di Gesù.

Da quanto detto poco prima, si desume che, le condanne riportate sulla Bibbia a chi voleva comunicare con i defunti, erano valide poiché le comunicazioni a quei tempi erano indirizzate solo alle anime dannate, sia per indagare il futuro sia per cambiare gli eventi, e ciò è da assimilare alla magia nera.

Dopo la risurrezione di Cristo e la liberazione delle anime sante dal limbo, il dialogo con queste anime è diventato possibile, anzi viene continuamente da loro sollecitato, per il nostro e il loro bene.

Non bisogna però con questo pensare di poter comunicare con i defunti a nostro piacimento, anzi la strada è un'altra.

Cercate delle anime pie, come preti o persone devote a qualche Santo, che dedicano la loro vita a pregare per i bisognosi, senza fine di lucro ma solo per amore dei sofferenti, e rivolgete loro le vostre richieste. Essi con le preghiere intercederanno verso i Santi per sopperire ai vostri bisogni materiali e spirituali. Lentamente anche voi imparerete ad amare il prossimo e vi avvicinerete sempre più, alla Comunione dei Santi.

17/06/2000
L'ultima guerra sarà tra il Bene ed il male, e l'uomo dovrà sudarsela la vittoria, altrimenti sarà spazzato dalla faccia della terra.

05/07/2000

Non togliamo l'innocenza ai nostri figli, od i sogni in un mondo migliore che essi dovranno ricostruire, dopo la nostra distruzione per merito del male.

09/07/2000

Ripensando alla differenza tra Anima e spirito.

L'Anima è il dono di Dio, mentre lo spirito è ciò che noi siamo e diventiamo con il nostro operare.

Tutti e due gli elementi sono destinati ad unirsi per formare un nuovo essere immortale che avrà vita eterna in Dio Padre.

L'Anima poiché è eterna, nella resurrezione si unirà allo spirito per formare il nuovo essere risorto al cospetto del Padre.

Non vi può essere risurrezione senza l'anima, e senza lo spirito non vi sarà la nostra presenza nel corpo resuscitato.

Durante la propria vita, se un uomo si allontana dalla sua anima, perché ha scelto il male, la perde, e lo spirito che è stato costruito dalle azioni negative compiute durante tutta la vita, sarà separato dall'anima.

Lo spirito dannato poi seguirà il proprio destino che non è lo stesso della sua anima. Forse seguirà il suo ispiratore, salvo decisioni del Padre.

23/07/2000

L'Amore di Dio ci rende migliori di ciò che siamo.

01/08/2000

Vorrei abbracciare l'immensità di Dio.

Se vuoi fare del bene a qualcuno, non pensare prima se lo merita o no perché così facendo vuoi fare del bene solo a te stesso.

Se vuoi aiutare qualcuno fallo senza porti domande.

Non fermiamo i nostri buoni impulsi facendo emergere il nostro egoismo.

La gran menzogna.

Il tentatore disse: mangiate di quel frutto e diventerete

come lui. (odio).

Dio ci ama ed ha promesso che saremo come Lui se lo ameremo. (Amore).

07/08/2000

Pensando alla trasfigurazione di Gesù ed all'omelia del prete di Vipiteno, che spiegava come ognuno di noi sia nell'attesa della propria trasfigurazione, mi è venuto in mente che il Padre è nell'attesa della nostra trasfigurazione.

Il male che è dentro di noi, ci spinge ad allontanarci dal Padre, rendendoci schiavi delle nostre passioni.

Tutto il male che è nel mondo è opera del nostro volontario allontanamento da Dio.

Il Padre aspetta che noi ci ravvediamo, e ci ha donato il perdono per accoglierci nel suo regno.

Il Padre ci ha creato a sua immagine e somiglianza, per darci la capacità di vincere il male che è dentro di noi.

Dio non può intervenire, contro la nostra volontà, ma aspetta pazientemente che noi lo scopriamo ed amiamo; poi Egli provvederà alla nostra trasfigurazione.

15/08/2000

Vi è una lotta continua tra anima e spirito.

Lo spirito è influenzato dal nostro corpo, e da tutte le azioni che noi compiamo.

L'anima è illuminata da Dio, e cerca di portare le nostre azioni e lo spirito verso di Lui.

20/08/2000

Dal Vangelo secondo Giovanni.

"Chi mangia la mia Carne e beve il mio Sangue dimora in me ed io in lui". Ecco la spiegazione che la comunione non è solo un simbolo, lo ha detto Gesù con queste parole.

Quando facciamo la comunione, questa si trasforma nella Carne di Gesù, data in sacrificio, per aprire la comunicazione della nostra anima con la Sua, egli quindi è in noi nel momento della comunione, approfittiamone per rafforzare la nostra volontà, ascoltando la nostra anima che in quel momento è in comunicazione con Dio.

Tutto dipende però da quanto noi crediamo nella presenza di Gesù nella comunione.

Dio è l'artefice del miracolo, ma senza la nostra volontaria adesione, non lo può fare, e se presente noi non lo sentiamo, perché la nostra volontà contraria lo ha escluso.

Solo quando siamo in sintonia con Gesù, possiamo percepire l'immensità del suo Sacrificio, e l'enormità del suo Amore, se è arrivato a soffrire tanto per noi suoi denigratori ed uccisori.

Quale padre non sacrificherebbe la sua vita, per salvare quella del figlio?

Dio invece ha donato la vita del Figlio unigenito, per salvare la nostra!

Dunque esiste qualcosa di più importante della nostra misera vita, ed è ciò che Dio ha preparato per noi con la creazione, un dono eterno ed infinito, se è arrivato a sacrificare la vita di Suo Figlio, per farcelo capire.

Non c'è ragionamento umano che tiene, non riusciremo mai a comprendere un amore così infinito, tutto ciò che noi possiamo capire è solo legato ai nostri sensi, che oltretutto sono sotto il dominio di una mente chiusa in una scatola, limitata quindi nel tempo e nello spazio.

Ogni nostro egoismo è costruito da questa mente limitata, che proprio perché chiusa in pochi decimetri cubi di materia, è convinta d'essere l'unica nel suo universo e quindi superiore a tutto ed a tutti.

Ecco la verità: l'uomo è un individuo limitato nel tempo e nello spazio, ciò gli ha dato, la convinzione d'essere l'unico nel suo universo, quindi d'essere superiore a tutto ed a tutti (mancanza di comunicazione con tutto il creato).

Invece se ci rendiamo conto dell'immensità di Dio, già la nostra anima esulta nell'attesa di comunicare con il suo Creatore.

Per finire, essendo il nostro pensiero chiuso in una scatola limitata nello spazio, il nostro io s'inorgoglisce fino al punto di considerarsi l'unico pensiero nel Creato, mentre non si accorge che il suo universo è limitato alle dimensioni della sua scatola cranica, si costruisce una corazza che lo isola dalle cose che vede, dalle quali prende le dovute distanze, poiché prevale il suo egoismo.

Aggiornamento del 3/09/2000
Immaginiamo invece un pensiero infinito.

Se vi fosse in tutto l'universo, un punto di dimensione zero, ma possedesse velocità infinita, questo punto sarebbe nello stesso momento presente in tutti i punti dell'universo, quindi ci sarebbe l'esistenza infinita di un oggetto al di fuori delle nostre dimensioni terrene, e sarebbe presente contemporaneamente in tutti i punti dell'universo.

Non è detto che questo punto debba per forza muoversi per coprire tutti i punti dell'universo, basterebbe che questo punto non fosse legato alla dimensione tempo cui sono legati tutti gli altri punti.

Inoltre questo punto non essendo schiavo della dimensione tempo, perché ne è completamente fuori, potrebbe sicuramente non essere dimensionale ma possedere una sua dimensione propria-infinita.

In Uno spazio infinito, potrebbe essere contenuto non solo tutto il nostro universo, ma anche infiniti altri universi.

Un pensiero infinito contenuto in uno spazio infinito, cioè Dio, non sarebbe limitato nei sui ragionamenti come accade per l'uomo, ma ogni sua deduzione terrebbe conto simultaneamente di tutti gli altri pensieri contenuti in tutti gli infiniti universi piccoli o grandi che siano, e maturati negli infiniti anni passati ed infiniti anni futuri.

Ecco perché il nostro misero cervello, non potrà mai pensare d'avere ragione se non mettendosi in comunicazione con l'enorme pensiero che permane contemporaneamente in tutto lo spazio, tutto il tempo, ed in piccola parte in noi.

Perché ho detto in piccola parte in noi se il pensiero è dappertutto?

Perché noi abbiamo scelto d'autodeterminarci e quindi in una parte del nostro io vi è uno spazio dove il tutto ha deciso di escludersi, per lasciarci liberi di sceglierlo e cercarlo.

26/08/2000
Mio Gesù come siamo disperati, vaghiamo dispersi in questa valle, alla ricerca della verità, eppure solo Tu sei la

verità.

Siamo degli assetati in cerca d'acque fresche e dissetanti, che ci diano pace e serenità, invece beviamo alle pozzanghere di questa valle di disperati, e la nostra sete non si placa, anzi la gola arde sempre più.

Perché non ci rivolgiamo a Te Gesù, che hai acque fresche ed eterne? Basterebbe un sorso e saremmo dissetati in eterno, invece corriamo alle pozzanghere luride ed inquinate, che ci fanno cadere sempre più giù verso la morte eterna!

03/09/2000

Se Dio ha creato, a sua immagine e somiglianza, un essere immortale, e lo ha lasciato libero di cercarlo, lo ha fatto per il suo bene, perché Lui gli ha dato la possibilità di guadagnarsi la vita eterna.

In pratica Dio ci ha promesso di diventare simili a Lui, a differenza del serpente ingannatore, che ha detto all'uomo ed alla donna che se avessero mangiato frutti dell'albero sarebbero diventati come Dio.

In realtà la cacciata dal Paradiso terrestre ci ha resi liberi da Dio, ma non ci ha reso come Dio (giusti e pieni d'Amore), anzi ci ha messo in una situazione di paura e disperazione rendendoci schiavi del tempo, pur rimanendo in noi la nostra natura infinita per volere di Dio.

Il passaggio è stato da esseri dotati di vita beata ed infinita a quella d'esseri mortali, nell'attesa di guadagnarci ciò che abbiamo perso con la nostra scelta. La nostra anima era immersa nel pensiero infinito, così pure del nostro pensiero, caduto, dall'appartenenza ad un'estensione infinita, ad una scatola finita.

Ecco perché quando noi moriamo, non lo siamo totalmente, perché la nostra parte immortale continuerà a vivere, o nell'eterna gioia con Dio o nell'eterna sofferenza, secondo le nostre scelte.

Dio, se ha costruito qualcosa d'eterno, non è detto che lo distruggerà; per quale ragione lo ha fatto, se poi lo deve distruggere?

Per chi non crede, (o crede di non credere) non si apre la prospettiva che dopo la morte il suo essere sparirà e smetterà di soffrire, anzi inizierà la sua disperazione, se in vita ha scelto la via del male (mancanza d'amore in Dio e per il prossimo).

L'esistenza dell'inferno, in contrapposizione al Paradiso, è giustificata dal dualismo bene e male della nostra vita temporale.

Se esistono il bene ed il male nella vita terrena, esisteranno anche la gioia e la sofferenza nella vita eterna.

Dove andranno i nostri pensieri, le nostre sofferenze?

I pensieri di Dio sono onnipresenti ed immutabili.

Alla fine dei tempi poi, potrebbe essere la fine dell'universo, ma certamente non è la fine dell'immortalità e dell'infinito.

Tutto potrebbe essere infinitamente più bello od infinitamente più brutto.

12/09/2000

Ci vogliono tenere nascosta la verità, noi cristiani la conosciamo più di loro.

01/10/2000

Se l'uomo parla con parole sconce e frasi ingiuriose, queste sono solo espressione della sua decadenza.

Dite sì se sì e no se no, tutto il resto è un sovrappiù.

Pensate alla vostra anima e mettetevi in contatto con lei, che è ben contenta di aiutarvi; non per nulla Dio l'ha donata a noi, facciamola operare, e rivolgiamoci a lei in ogni momento della nostra vita.

10/10/2000

Accumulate sofferenze, affinché le vostre preghiere siano ascoltate.

La nostra nullità sarà la grandezza di Dio.

23/10/2000

L'uomo si è sempre distinto dagli animali per l'intelligenza, ora invece si distingue per la sua ignoranza, e fra poco per la sua depravazione.

29/10/2000

Mio Dio com'è difficile capire, ricordare ed esprimere quel poco che il nostro cervello concepisce.

Com'è possibile allora, se tutto è così difficile, esprimere quello che la nostra anima ci suggerisce, così debolmente, che non riusciamo a sentirla?

Aiutaci Signore ad esserti vicino, non abbandonarci alla disperazione ed alla solitudine, guida i nostri passi e fa' che la nostra anima ci illumini, con più certezza di quanto faccia il nostro io.

29/10/2000

Il male si sta evolvendo, per colpire sempre più l'uomo e distruggerlo.

In passato, approfittando dell'ingenuità umana, ha costruito ideali, in apparenza giusti, che però avevano intrinseco lo scopo di colpire la Chiesa (vedi nazismo e comunismo).

Caduti questi ideali di morte, ora il male colpisce mascherando le sue azioni con un senso di libertà universale, giustizia, uguaglianza di diritti (dei più perversi), per confondere le idee dei giusti e portare molti alla degradazione morale, e ad accettare una libertà che distruggerà la natura dell'uomo.

I segni di questi comportamenti sono già visibili: nel turpiloquio costante, nel ripudio di qualsiasi pensiero logico, filosofico, religioso; nella nullità e bassezza dei pensieri legati unicamente al soddisfacimento dei propri istinti.

Ora, come già con gli ideali precedenti, in questo decadimento morale, si compiono i più efferati delitti verso gli innocenti.

Sembra che il male voglia cancellare dalla Terra l'innocenza dei bambini, ultimo baluardo ed immagine della nostra anima.

Quanto sangue innocente dovrà essere versato affinché l'uomo s'accorga dei suoi errori?

Si pubblicizza tramite i films e la televisione, qualsiasi

abiezione morale, e qualsiasi tipo di delitto, poi, ipocritamente, ci si scandalizza se qualcuno illuminato da quanto così abilmente illustratogli, compie, i medesimi delitti.

Che cosa serve, manifestare assieme ai più depravati, e poi scandalizzarsi se alcuni di questi uccidono degli innocenti, per la loro depravazione?

Di chi sono figli i pedofili, che per la loro depravazione arrivano perfino ad uccidere poveri bambini innocenti?

Sono figli della depravazione generale, e di tutta l'umanità che non sa reagire alla continua depravazione della società.

Ogni depravazione è sviamento della natura umana, è il contrario del vero amore reciproco, con fine ultimo il sacrificio della propria vita per gli altri.

Ogni depravazione è allontanarsi dall'amore di Dio, è contraria alla vita comunitaria, sociale e civile, perché stravolge i rapporti fra le persone e lo stesso senso di comunità, che usa della sua libertà come unione del vivere civile nel rispetto degli altri.

Tutto questo senza voler colpevolizzare chi per natura ha sentimenti diversi, e cerca di vivere la sua diversità, in intimità e segretezza.

Non è però accettabile che, chi si degrada, voglia poi imporlo agli altri, nessuno gli sta imponendo d'essere normale.

22/11/2000

Il male sta affilando le armi e sta preparando le sue armate per l'attacco finale a Cristo.

L'ultima battaglia sarà tra gli adoratori del male ed i seguaci di Dio.

Gli adoratori del male sono tutti coloro che, per qualsiasi ragione o scopo, attaccano l'uomo e la sua esistenza, cercando di annullare la sua libertà di cercare e scegliere l'amore di Dio.

Ogni azione criminale contro l'uomo è un'azione contro Dio.

Indipendentemente dall'essere Cristiano, Ebreo o Musulmano, od ateo o di qualunque altra religione, impedire ad un uomo di ricercare l'amore di Dio nel suo percorso di vita, equivale a toglierlo dall'amore di Dio, per farlo cadere anzitempo nelle mani del male, ciò significa combattere contro Dio per distruggere la sua creazione.

Nessuna religione può giustificare l'uccisione delle creature che Dio ama. Nessuna giustificazione umana può essere valida, per impedire, a chi è nel peccato, di pentirsi dei suoi errori e cercare di salvare la propria anima.

Chi uccide con qualsiasi scusa, anche quella della giustizia, va contro l'amore di Dio, perché toglie al peccatore la possibilità di pentirsi, quindi toglie a Dio una creatura che è alla ricerca del suo Amore, che nel tempo potrebbe pentirsi e meritarsi il perdono del Padre.

24 / 12 / 2000

L'uomo ha scelto la libertà propostagli dal serpente, rifiutando quanto preparato per lui da Dio.

L'uomo ed il suo ingannatore sono stati accomunati nello stesso destino, ma con differenti sorti.

Essendo stati associati nel reciproco rifiuto dell'amore di Dio, sono stati uniti in una vita terrena, dove le loro scelte saranno ben valutate, per poi essere giudicati sulle loro reali tendenze, e destinati nella vita eterna, al luogo dove il loro animo li avrà portati.

Il male, proveniente da un essere superiore, è destinato al decadimento continuo in eterno ed a pagare per tutto il disordine causato; l'uomo invece essendo un essere inferiore al primo, come potenzialità, e quindi con una scusante per la sua scelta, è destinato alla vita eterna, dopo avere purgato, sulla Terra, le conseguenze del suo rifiuto alla volontà del Padre.

Proprio l'amore che il Padre ha per noi, gli impedisce di intervenire sulla nostra scelta, perché noi abbiamo voluto essere autonomi da Lui, e quindi egli rispetta il nostro libero arbitrio.

Solo se l'uomo si rivolge al Padre, egli interviene in suo aiuto, e lo illumina sulla strada da percorrere per raggiungerlo.

Una strada piena di difficoltà e sofferenze, ma che ci porta alla Verità, che è il contrapposto dell'inganno, da cui l'uomo si è fatto trascinare.

Ecco due destini totalmente differenti, chi sale e chi scende, secondo i loro meriti.

Sembra strano ma chi non crede è spesso preda del male, forse perché la mancanza di fede è una predisposizione alla perdizione.

Tanti che si credono atei non si accorgono di essere manipolati dal male, ed i loro pensieri li allontanano sempre più da Dio.

Basterebbe questo per far capire loro che non sono atei, ma sotto l'influsso del male.

Non esiste l'ateismo, esiste solo la negazione di Dio e questo non può essere chiamato ateismo, ma orgoglio di se stessi, desiderio di essere soli nell'universo, e rifiuto dell'amore del Padre.

Ecco l'inganno, il male ci avvolge, cerca di far emergere i nostri desideri più abbietti, per allontanare i nostri pensieri dalla nostra anima, che è l'unico baluardo all'allontanamento da Dio.

Lentamente il nostro egoismo, allontanatosi dall'influenza benigna della nostra anima, ricade in un'attrazione verso il materialismo ed il soddisfacimento d'ogni capriccio che la nostra mente può concepire.

C'è un regista dietro a tutto questo, e non è certo fornendoci la prova della sua esistenza, che ci allontana da Dio, anzi il contrario.

Cerchiamo di capire meglio.

Il dono di Dio, l'anima, illumina il nostro essere (spirito) in continuazione, ed il suo scopo è di avvicinarci al Padre.

Non vuole annullare il nostro corpo anzi, desidera che il nostro corpo sia usato per il bene, e tutta la nostra vita deve riflettere l'amore di Dio che è in noi con l'anima.

Il nostro libero arbitrio, che abbiamo scelto, presuppone che vi sia una contrapposizione all'anima, altrimenti non vi sarebbe libero arbitrio perché saremmo schiavi della nostra anima, e quindi di Dio.

Dio ha rispettato la nostra libertà, eppure **Dio ci ama**.

Il nostro spirito è in contrapposizione all'anima, ed è spinto verso il male, giacché costruito da una volontà che ha rifiutato Dio.

Sta a noi plasmare il nostro spirito, con le nostre azioni, ed ascoltando la nostra anima che vuole salvarci dal male.

La nostra scelta di libertà da Dio ci ha portato in una realtà d'equilibrio instabile, con tutte le sue conseguenze.

In effetti, la nostra scelta è stata di rifiuto del Padre e quindi abbiamo spostato il nostro pensiero verso l'opposto e in pratica il male.

Eravamo in paradiso, ed abbiamo scelto il libero arbitrio, in pratica abbiamo rifiutato la realtà del luogo perfetto per costruirci una nostra realtà.

La nostra realtà, di rifiuto non poteva esistere in un luogo dove tutto era Dio, tutto era bene, tutto era amore, l'opposto della nostra scelta.

Dio ci ama.

Dovendo noi vivere la nostra realtà, questa non poteva essere quella preparataci dal Padre, perché l'abbiamo rifiutata, quindi viviamo nella realtà che ci siamo scelti, quella del rifiuto del Padre, in pratica una realtà senza Dio.

Dio ci ama, e non ha voluto lasciarci soli al nostro destino, ci ha donato un'anima immortale, come Lui ci aveva promesso, come luce che ci guida nelle tenebre.

Ecco che allora noi siamo liberi di rifiutare Dio, e questa libertà vuol dire che noi possiamo allontanarci da lui volontariamente.

Dove andremo, che direzione prenderemo?

Andremo dalla parte opposta, verso chi combatte Dio, verso chi lo ha rifiutato per primo, e vuole distruggere la sua opera, cioè l'uomo (noi stessi)?

Dio ci ama, e ci ha donato la sua immortalità, ci ha promesso di diventare come Lui perfetti ed immortali, con la vera conoscenza del Bene. L'ingannatore, che voleva lui darci la conoscenza del bene e del male, ci sta dando solo la conoscenza del male.

Non esiste ateismo esiste solo la negazione di Dio che è l'allontanamento dal nostro creatore, il rifiuto del suo dono di perfezione infinita, per cadere nella disperazione infinita, sotto il potere del male.

Dio ci ama.

Affidiamoci a Lui che opera per il nostro bene e ci vuol portare nel suo regno, preparato per noi, fin dall'inizio, e non per chi Lo ha rifiutato.

Il Padre non ci vuole costringere ad amarlo, non ha bisogno di schiavi, ma vuole salvarci dalla nostra rovina, per questo ci ha mandato suo Figlio, Gesù, per farci capire il vero amore, perché noi riconosciamo la nostra cattiveria, il nostro egoismo.

Perché Gesù ha dovuto soffrire, tanto per opera nostra?

Come lo avremmo capito, se avesse solo predicato, senza accettare il suo destino?

Lo avremmo preso in considerazione come tutti gli altri profeti?

Invece Lui ha voluto farci capire la gravità del nostro egoismo, ha donato se stesso, la sua vita, per farci capire dove ci porta il nostro rifiuto del Padre, quanto male può fare la nostra cattiveria.

È stato condannato con l'inganno.

Chi lo ha condannato sapeva che era il Messia, ma il suo cuore era già in mano al male, era già preda dell'ingannatore, e rifiutò la verità per non perdere ciò che l'ingannatore gli aveva già dato potere, ricchezza, la sensazione d'essere unico, superiore perfino a Dio.

Dio ci ama ed è disceso presso di noi per amarci, e quanto gli è costato questo amarci?

Quante sofferenze tuttora per i suoi figli che sì perdono, che lo rifiutano, e cadono in mano all'ingannatore, quanto soffre Dio per noi?

Quanto male gli abbiamo procurato con le nostre azioni, il nostro rifiuto?

La nostra cattiveria e rifiuto del Suo Amore, porta disperazione ai nostri fratelli più deboli, e quelli che si perdono diventano strumenti del male, come l'ingannatore e contribuiscono alla perdizione dell'umanità.

Come far capire meglio che il rifiuto del Padre ci porta verso il male?

19/01/2001

Quando incontreremo il Padre, ci sarai anche Tu Gesù ad accoglierci?

20/01/2001

Da Maria Valtorta.

Durante le apparizioni di Gesù risorto, nel vedere il suo amore per la Madre, ho capito che la sua gioia derivava dal vedere un'anima così pura, e lo stesso amore avrebbe dato a noi se avessimo seguito l'esempio di Lei.

Se lo meritiamo, in cielo dopo la nostra resurrezione, saremo in eterno avvolti dall'infinito amore di Gesù, come ringraziamento della nostra fedeltà e per le nostre sofferenze nel suo amore, e noi saremo infinitamente appagati della sua felicità.

Ecco seguendo Gesù nel nostro destino, saremo ripagati dei nostri sacrifici, ed il premio sarà di vederlo felice per la nostra fedeltà.

Chi può dire di essere riuscito a fare felice Dio?

Noi potremo dirlo e vederlo, se seguiremo Colui che ci ha mandato, il Figlio prediletto, Colui per il quale tutto è stato creato.

Abbiamo paura Gesù di raggiungerti, per le sofferenze che dovremo patire, in attesa dell'Infinito Amore che ci vuoi donare.

28/01/2001

Io esisto perché **Dio mi ama**, e se esiste Dio, io esisto.

Se io esisto, maggiormente esiste Dio.

Io vivo perché **Dio mi ama**, e quando morirò, se **Dio mi ama** ancora, io vivrò.

Dio mi ha amato fin dall'inizio, e se io non vivrò, avendolo rifiutato, Egli non potrà far nulla contro la mia volontà, perché mi ama.

L'amore di Dio, ci può salvare, cerchiamolo.

Io soffro se Dio non mi ama, ma quanto più soffre Dio se io non lo amo?

Il male ci distrae dall'amore di Dio, perché ci odia.

Il male vuole rovinarci, perché odia Dio.

Il male vuole distruggere l'opera di Dio.

Il male ci odia, perché **Dio ci ama**.

Il male ci odia perché Dio ci perdona, ed a lui ciò è stato negato.

Il male (detto) è in noi, come l'amore di Dio è in noi.

La vita c'è stata data perché, dobbiamo cercare la nostra salvezza.

La nostra salvezza è l'amore di Dio.

Dio ci ama, non ci rifiuta, noi lo rifiutiamo tutte le volte che cediamo alle tentazioni.

Dio ci ama, e ci cerca, noi cerchiamo di evitarlo.

Dio non può obbligarci ad amarlo, ma **Lui ci ama**.

Dio ci aiuta a cercarlo, perché ci viene incontro.

Noi esistiamo finché **Dio ci ama**.

Io esisto perché Dio mi ama.

Dio esiste da sempre, che bisogno ha di noi?

Dio ci ama.

È più facile che esista Dio, infinito, piuttosto che esista io, nullità delle nullità.

Io sono schiavo di questo mondo, Dio non lo è.

Io rifiuto Dio continuamente, Lui mi ama da sempre, e continua ad amarmi nonostante le mie offese e rifiuti.

30/01/2001

Il Big-Bang, è il segno dell'amore di Dio, che si è sparso per tutto l'universo, ed è il grido della sua sofferenza per averci tanto amato.

Un grido che si è sparso per tutto l'universo, e rimarrà fino alla fine dei tempi. Questo è un segno dell'esistenza di Dio.

23/02/01

Ma come, sei solo uno spettatore di questo film che è l'u-

niverso e ti permetti di dire che è tutto caos ? e ti poni nella
condizione di criticare tutto il creato?

T'inorgoglisci tanto da rifiutare Dio, che ha creato l'universo con i suoi infiniti equilibri, e tu stai solo a guardare
dalla finestra? senza far nulla?

Non sai contare nemmeno i capelli che hai in testa, e critichi, anzi rifiuti chi ti ha creato e posto nella condizione di
conoscere le meraviglie dell'universo?

Continua nella tua visione e cerca di capire perché tutto
questo spettacolo ti appare, e perché ne fai parte.

Perché qualcuno ti ha amato e ti ha voluto donare tutto
quanto tu vedi!

Tutto può essere tuo, tutto puoi conoscere, se solo ti avvicini a Chi ha voluto tutto questo, Dio.

Cos'è la vita in confronto alla possibilità di capire e conoscere tutto quanto esiste?

Cos'è la morte in confronto all'immortalità promessaci?

Dio ci ha promesso di diventare come Lui.

24 / 02 / 2001

In tutto l'universo traspare l'amore di Dio.

Come può essere la vita eterna promessaci?

Vivremo in uno stato di perfezione infinita, immortali, e
pervasi dall'Amore di Dio, alla presenza dei suoi Angeli, di
Gesù, Maria, e di tutti quanti hanno seguito il Suo Amore.

Saremo amati da tutti per i sacrifici sofferti sulla terra,
l'Amore di Dio pervaderà e si diffonderà costantemente e
continuamente su tutti e su tutto l'infinito, e noi ne faremo
parte. Capiremo tutto grazie all'Amore Eterno.

Non ci sarà nulla d'imperfetto o di sgradevole perché sarà sepolto per sempre, ed il male non apparirà più su tutto
l'universo.

La presenza di Gesù, Maria e di tutte le anime perfette, è
più che sufficiente a riempire le nostre anime di felicità, ma
tutto questo in un luogo dove tutto è perfetto e non vi sarà
più la sofferenza, ed in ogni dove sarà presente l'Amore di
Dio.

Ecco perché dobbiamo purgarci le scorie di questa vita
terrena (i ricordi e le passioni che ci legano alla Terra), con

un lungo cammino d'avvicinamento a Dio. Dobbiamo pulire la nostra anima dalle scorie accumulate dal nostro spirito, per diventare perfetti e meritare di entrare in contatto con l'infinita bellezza dell'Amore di Dio.

Non sarà un cammino di sofferenze, ma sarà sufficiente la lontananza da Dio a stimolarci il bisogno di avvicinarlo, abbandonando i ricordi che ci legano alla nostra vita terrena. (Purgatorio)

Sulla Terra la ricerca dell'Amore di Dio è più sofferta e perciò opera miracoli di conversione e perdono.

14/03/2001

La sofferenza è amore. Chi ama soffre e chi soffre ama.

Dio soffre perché ci ama, ogni sofferenza umana è accomunata alla sofferenza di Dio.

Perché Dio soffre?

Perché ci ama e ci vuole salvare.

Perché l'uomo soffre?

Perché Dio lo ama e lo vuole salvare, quindi perché l'uomo si è dimenticato del Padre.

L'uomo soffre perché gli manca l'amore di Dio.

L'uomo soffre perché non sente l'amore del Padre.

L'uomo è sordo e non sente l'amore di Dio, perciò egli soffre ed è nella disperazione.

Chi soffre ed è nell'amore di Dio, ama, e dona il proprio dolore a Lui, affinché Egli possa trasformare quella sofferenza in amore per chi gli è lontano.

Amore e sofferenza, bene e male. Dio è il bene e dov'è il male?

Se il bene è amore la sofferenza è il male?

No!

Amore e odio, bene e male. L'amore è bene, l'odio è male.

L'amore viene da Dio, il male dall'odio, dall'uomo, dall'orgoglio umano che lo allontana dal Bene.

La sofferenza è la conseguenza dell'agire del male e della mancanza del bene, anzi della necessità che l'uomo ha dell'amore perfetto del Padre.

Solo Dio può trasformare la sofferenza in bene.

Perché Dio ci ama, perché il Padre ama tutti i suoi figli.

L'uomo può fare altrettanto con l'aiuto di Dio.

Dio ama tutti, può trasformare la sofferenza di chi lo ama in bene per chi lo odia.

L'amore di Dio è per tutti.

Dio ha bisogno dell'amore di chi lo ama per donarlo a chi lo ha dimenticato, per fargli sentire la sua presenza.

Perché Gesù ha accettato di soffrire?

Perché il Padre gli ha fatto vedere quanto amore avrebbe riversato sull'umanità con le sue sofferenze.

Egli ha accettato di essere preso da chi lo odiava per essere ucciso. Ha accettato la sofferenza per far capire all'uomo quanto è crudele con i giusti, e dov'è la verità.

Come avrebbe Gesù potuto, concretamente, insegnarci la differenza tra il bene ed il male se non donandosi ai suoi carnefici per poterli salvare? Se non insegnandoci la via del bene e quella, della donazione di se stessi per chi è nell'ombra?

Gesù ha accettato la sua croce, perché ci ama come il Padre.

Dio amore eterno, Gesù uomo amore infinito.

Come può la sofferenza di Gesù uomo, trasformarsi in amore infinito?

Gesù è figlio di Dio, perché Gesù è Dio.

Qualcuno potrebbe obiettare che in fin dei conti Gesù era un essere umano ed ha sofferto come tanti altri per un solo giorno.

Ma essendo Gesù figlio di Dio, ed essendo nell'anima un essere immortale ed Eterno, la sua sofferenza di un giorno ha una valenza infinita.

L'eternità di Dio, la sua infinitezza, danno un valore infinito al suo essere ed a tutto ciò che il suo essere può esprimere, sia esso amore o sofferenza.

Solo Dio può donarsi completamente per amore, ed accettare il proprio sacrificio per amore.

Perché Dio ha voluto sacrificarsi tanto per amore del suo carnefice?

Perché Dio ci ama, e l'uomo ha deciso d'essere libero di scegliere o no il suo amore. Allora Dio non può (per rispetto alla nostra volontà) agire di Sua iniziativa per costringerci ad amarlo?

Dio è onnipotente e può tutto su tutti.

Egli interviene in modo indiretto per mostrarci il suo amore.

È disposto a sacrificare Se stesso, per farci capire quanto ci ama e quanto siamo importanti per Lui.

Dio vuole che il merito della nostra conversione, sia nostra, sta a noi la prima mossa, poi Lui ci accoglierà fra le sue braccia per consolarci delle sofferenze patite, quando eravamo lontani da Lui.

Il Padre ci vuole felici, ma non lo saremo mai senza il suo amore, perché siamo i suoi figli, e da lui discendiamo.

Come possiamo essere felici se ci allontaniamo da chi ci ha donato tutto il Suo amore?

Come possiamo essere felici se disprezziamo l'amore di chi ci ha creato?

Come possiamo essere felici se vagando in quest'universo pieno dell'amore di Dio per noi, ci allontaniamo da Lui e lo rifiutiamo?

È come se vivessimo in un'oasi bellissima e ci rifiutassimo di bere, moriremmo, ecco il destino dell'uomo che rifiuta l'amore di Dio.

Io esisto perché Dio mi ama.

FINE PARTE PRIMA

PARTE SECONDA

PROLOGO

09/04/2001
Io esisto perché Dio mi ama.

Dio ama singolarmente ed immensamente ogni essere umano.

Ognuno di noi esiste perché Dio lo ama.

Tutto l'universo con l'infinito amore del Padre, esiste perché Egli ci ama.

Ognuno di noi può sentirsi parte di un disegno infinito ed eterno.

Ogni esistenza esiste perché Dio l'ha voluto.

PENTIMENTO

Tutti i giorni, ogni momento della mia vita sono tentato dal male. Vorrei essere puro come Dio mi ha voluto, ma io non ci riesco, e cado in tentazione.

Questa difficoltà nel seguire il pensiero del Padre, è causata dal fatto che noi lo abbiamo rifiutato, e quindi nel nostro animo è prevalente l'impulso di allontanarci da Lui, perché questo pensiero è insito nella nostra natura.

Il Padre ci ama e ci dà il suo appoggio, per combattere gli influssi negativi che vengono dai nostri errori.

PENSIERI E MEDITAZIONI

14/03/2001

La sofferenza è amore. Chi ama soffre, e chi soffre ama.

Dio soffre perché ci ama, ogni dolore è accomunato alla sofferenza di Dio.

Perché Dio soffre? Perché ci ama e ci vuole salvare, ma noi lo rifiutiamo.

Perché l'uomo soffre? Perché Dio lo ama e lo vuole salvare, nonostante il suo rifiuto.

L'uomo soffre perché non sente l'amore del Padre.

L'uomo è sordo e non sente l'amore di Dio, perciò egli soffre ed è nella disperazione.

Chi soffre ed è nell'amore di Dio, ama e dona la sua sofferenza al Padre, perché Egli possa trasformare questa tribolazione in amore per chi è lontano da Lui.

Amore e sofferenza, bene e male. Dov'è il bene e dove il male? Se il bene è amore, la sofferenza è male?

No!

Amore ed odio, bene e male. L'amore è bene, l'odio è male.

La sofferenza è la conseguenza dell'agire del male e della mancanza del bene, anzi dell'insufficienza d'amore.

Solo Dio può trasformare la sofferenza in bene, perché Egli ama tutti, indistintamente.

L'uomo può fare altrettanto solo con l'aiuto di Dio.

Il Padre ama tutti e può trasformare la sofferenza di chi lo ama in bene per chi lo odia.

L'amore di Dio è per tutti.

Il Padre ha bisogno dell'amore di chi Lo ama per donarlo a chi lo ha rifiutato.

Per quale motivo Gesù ha accettato di soffrire?

Perché il Padre gli ha fatto vedere quanto amore avrebbe riversato sull'umanità con le sue sofferenze.

Nella trasfigurazione Gesù ha visto la potenza dell'amore del Padre, e quanto bene avrebbe riversato sull'umanità, con il suo sacrificio.

Gesù ha accettato la sua croce perché ci ama come il Padre, ha accomunato con sé tutte le sofferenze umane per donarle al Padre, come riscatto per i nostri errori.

Dio amore eterno, Gesù uomo amore infinito.

Come può la sofferenza di Gesù uomo trasformarsi in amore infinito?

Perché Gesù è figlio di Dio, perché Gesù è Dio, altrimenti non avrebbe potuto trasformare il suo amore sofferenza in amore infinito per l'umanità perduta.

Qualcuno potrebbe obiettare che Gesù, in fin dei conti, era un uomo in carne ed ossa ed ha sofferto per un solo giorno, come tanti altri uomini.

Gesù però, essendo figlio di Dio ed essendo Dio stesso, la sofferenza di un giorno ha una valenza infinita.

L'eternità di Dio, la sua infinitezza, danno un valore infinito al suo essere ed a tutto ciò che può esprimere, sia Amore o Sofferenza.

Solo Dio può donarsi completamente per amore, ed accettare il proprio sacrificio.

Perché Dio ha voluto sacrificarsi tanto, per amore dei propri carnefici?

Perché Dio ci ama, e l'uomo ha scelto d'essere libero di accettare o no il suo Amore.

Allora Dio non può (per rispetto della nostra volontà), agire di sua iniziativa per costringerci ad amarlo. Interviene in modo indiretto per mostrarci il suo amore. È disposto a sacrificare se stesso, per farci capire quanto ci ama e quanto siamo importanti per Lui.

Dio vuole che il merito della conversione sia nostro in primo luogo, sta a noi fare la prima mossa, poi lui ci accoglierà fra le Sue braccia per consolarci delle sofferenze patite, e per donarci il suo amore, facendoci suoi figli.

Il Padre ci vuole felici, ma non lo saremo mai senza il suo amore, perché siamo i suoi figli, e da lui discendiamo.

22/03/2001
Non lo hanno scritto i profeti che il Messia avrebbe dovuto soffrire tanto per realizzare il sogno di Dio sugli uomini?

21/05/2001
Perché tutto questo soffrire? Perché donarci a Te Padre è così difficile?
Certo Tu hai deciso di lasciarci liberi nelle nostre scelte e non vuoi intervenire per forzare la nostra volontà.

Hai deciso Padre che la nostra salvezza deve venire dalla

nostra volontà, il Tuo Amore è così grande che non ci forza verso di Te, ma aspetta che siamo noi a compiere il primo passo.

Il nostro spirito deve ritrovare la strada per unirsi alla sua anima che ha lo scopo di difenderlo e preservarlo per la vita eterna.

Il tuo amore ha creato la nostra anima che ha lo scopo di salvarci dal male che ci tenta ed allontana da Te Padre.

Quando il pensiero si volge verso il Padre, il nostro spirito si avvicina alla nostra anima fino a congiungersi con lei per diventare un unico dono per Te.
Il tuo amore ci avvolgerà per portarci nel Tuo Regno, per gioire in eterno ammirando l'Immensità del Tuo Amore.

Ci ami tanto da volere che siamo noi a fare il primo passo verso di Te, perché Tu vuoi che il merito della nostra salvezza sia nostro.

Senza la nostra adesione non c'è salvezza.
Senza l'amore del Padre non c'è salvezza.

Gesù sei Tu il Padre? Od il Padre è in Te?

Quando capiremo tutto?

Quando ci accoglierai nel Tuo regno e ci mostrerai i segni delle tue sofferenze, patite per salvarci dal male?

03/06/2001
La volontà, ecco cosa ci distingue dagli animali, ecco dove risiede tutta la potenza del nostro essere, la volontà del nostro spirito, la volontà dello spirito di un essere immortale creato da Dio.

Volontà di uno spirito immortale, creato libero.
Qui risiede tutto il bene e il male che l'uomo può compie-

re nella sua vita: la volontà.

Tutto quanto l'uomo può costruire o distruggere provengono dalla forza che egli mette nelle sue azioni e quindi dalla sua volontà.

30/09/2001
La nostra volontà può cambiare il nostro destino, con l'avvicinamento alla nostra anima od al suo allontanamento, ne stabilisce già ad ogni azione il proprio destino ultimo.
L'anima è il dono di Dio all'uomo, e se la volontà dell'uomo la allontana con le sue azioni, la può distruggere (perdere).

La volontà umana può distruggere la propria anima, quindi la nostra volontà ha una forza spirituale enorme, ed un valore che noi non possiamo immaginare, ma Dio sì poiché ha predisposto che la nostra volontà potesse distruggere perfino il suo amore per noi.

Ecco perché il male cerca di sviare la nostra volontà dall'amore del Padre, per distruggere la nostra anima, vuole distruggere l'amore di Dio per noi (la nostra anima).

Se la nostra volontà può modificare il nostro spirito, fino a distruggere un dono infinito come l'anima, ciò vuol affermare che il nostro potere spirituale è enorme e dalle azioni che compiamo dipendono valori infiniti.
Anche lo spirito è immortale ed è destinato ad una vita infinita, da com'è modificato dalle nostre azioni, dipende il suo destino, od infinito amore in Dio Padre, od infinita sofferenza, per il male costruito durante la sua vita terrena.

La cattiveria dell'uomo può annullare l'amore che Dio ha posto in lui.

L'anima è l'immagine di Sé che Dio ci ha donato nella creazione, ed il nostro spirito lo costruiamo con le azioni che compiamo durante la vita terrena. Alla fine dei tempi vi sarà la divisione delle anime destinate al Paradiso, dagli spiriti destinati alla dannazione eterna.

L'anima e lo spirito sono due cose distinte e separate sulla Terra, sono in continua contrapposizione tra loro.

L'anima ci parla della nostra immortalità e ci vuole condurre al Padre, lo spirito siamo noi stessi, è il nostro ego.

Quando moriremo, saremo giudicati e da questo giudizio dipenderà il destino sia della nostra anima che del nostro spirito.

Se non saremo degni dell'amore di Dio, la nostra anima ci sarà tolta (in verità, con le nostre azioni terrene negative, abbiamo diviso il nostro spirito dall'influsso della nostra anima, e quindi ne abbiamo già eliminata qualsiasi assonanza, determinandone la separazione definitiva).

Se ci sarà tolta l'anima rimarrà il nostro spirito che seguirà la dannazione prevista, che sarà eterna, perché anche lo spirito è eterno perché deriva da un essere creato eterno.

Ecco cos'è la resurrezione che Dio ci ha promesso, il nostro spirito si unirà alla nostra anima che lo porterà al Padre per gioire del suo infinito amore.

Cos'è il Purgatorio?

Da quanto detto prima, il Purgatorio è un periodo di sosta del nostro spirito, in una condizione di provvisoria esclusione dalla perfezione, affinché possa scaricare la sua negatività accumulata con gli errori della vita, per permettere all'anima di ricongiungersi con il suo spirito, nella massima purezza, al fine di poter ricevere e meritare, la vita perfetta nell'armonia con il Padre.

Ciò che Dio ha preparato per noi è una vita infinita e perfetta, nell'armonia con il suo amore, senza nessuna traccia del male, quindi ogni persona che deve avere quest'esistenza deve essere perfetta ed in completa armonia con l'ambiente in cui si troverà.

<u>Sarete rivestiti di un vestito nuovo</u>, e dovrà essere simile

a quello di Gesù che ci ha preceduto nel suo Regno, per prepararlo a riceverci con tutti i doni che il suo sacrificio per noi ha creato.

Il sacrificio di Gesù ci ha riscattato dal peccato, perché con la sua risurrezione, ha aperto le porte, del regno preparato per Lui dal Padre, fin dalle origini del tempo, e la Sua bontà è stata l'artefice della creazione di un luogo di perdono e riconversione delle anime imperfette, affinché pure loro potessero meritare tutta la gioia d'amore infinito del Padre.

Il perdono di Gesù sulla croce ha creato il Purgatorio come luogo d'espiazione e purificazione delle anime imperfette, (Padre perdona loro perché non sanno quello che fanno).

Ciò a dimostrazione dell'infinito amore di Gesù voluto dal Padre.

Vi sarà però un limite oltre il quale gli spiriti non saranno recuperabili e quindi scartati per un altro destino.

Le azioni negative sulla Terra degli spiriti negativi, se hanno determinato il distacco dalla propria anima, ne hanno decretato l'appartenenza al male e quindi l'impossibilità di essere recuperati per la risurrezione.

Esiste una linea di demarcazione oltre la quale il male non può essere perdonato.

Questa linea è quella del momento in cui il nostro spirito si allontana completamente dall'anima, e ne ha tagliato tutti i punti di contatto.

Quando la nostra volontà è completamente distaccata dalla sua anima, e non percepisce più qualsiasi dubbio su Dio o influsso di bene da Dio, a questo punto lo spirito non è recuperabile, se non ad un ripensamento prima della morte. Guai a chi muore in queste condizioni, il male e l'inganno che ha sparso sulla terra, sarà la sua condanna ed esclusione.

MAGNIFICAT DI MARIA

L'anima mia magnifica il Signore,[1]
Ed il mio spirito esulta in Dio,[2] mio Salvatore,
Perché ha guardato l'umiltà della sua serva.
D'ora in poi tutte le generazioni mi chiameranno Beata.

Grandi cose ha fatto in me l'Onnipotente e Santo è il suo nome: di generazione in generazione la sua misericordia si stende su quelli che lo temono.[3]

Ha spiegato la potenza del suo braccio, **(nascita di Gesù)**
Ha disperso i superbi nei pensieri del loro cuore: **(distacco dello spirito indegno dalla sua anima)**
Ha rovesciato i potenti dai troni,
Ha innalzato gli umili,[4] ha ricolmato di beni gli affamati,[5]
Ha rimandato i ricchi a mani vuote. **(Esclusione dalla resurrezione perché il loro spirito si è attaccato alle proprie ricchezze, distaccandosi dalla propria anima)**.

Ha soccorso Israele, suo servo,
Ricordandosi della sua misericordia,
Come aveva promesso ai nostri padri,
Ad Abramo ed alla sua discendenza,
Per sempre.

---

[1] Perché lo conosce.
[2] Il suo spirito è stato creato con la predisposizione ad accogliere Dio, quindi senza peccato originale, che non è altro che il rifiuto di Dio. Il suo spirito e la sua anima erano già in comunione fin dalla nascita.
[3] Che lo amano (chi ama freme e teme per la persona amata).
[4] L'umiltà è diventata un pregio per il Padre.
[5] Gli esclusi dalla prepotenza umana.

Fratelli, la parola di Dio è viva, efficace e più tagliente d'ogni spada a doppio taglio; essa penetra fino al punto di divisione dell'anima e dello spirito, delle giunture e delle midolle e scruta i sentimenti ed i pensieri del cuore.

Non v'è creatura che possa nascondersi davanti a lui, tutto è nudo e scoperto agli occhi suoi e a lui noi dobbiamo rendere conto. (giudizio finale)

03/06/2001

Gesù Cristo stesso non poteva guarire, se nel malato non vi fosse stata la volontà di accettarlo.

Questo perché Gesù non voleva infrangere la legge principale della creazione, che ogni individuo è libero e da questa sua libertà ne vengono tutte le relative conseguenze.

Questa libertà l'uomo se l'è creata rifiutando Dio.

Il Padre per rispetto dell'essere che lo ha rifiutato non vuole costringerlo ad amarlo, ma aspetta che questi faccia il primo passo, come riparazione al suo rifiuto, per poi avvicinarlo e donargli tutto il suo amore.

Non sono i filtri magici o le formule, o le carte o qualsiasi pozione a cambiare gli avvenimenti, ma è la nostra volontà che smuove le leggi dell'universo.

Se la volontà d'Adamo ed Eva di rifiutare Dio, ha prodotto la nostra realtà, quanto potere ha la nostra volontà?

Cos'è lo Spirito Santo?

Penso che sia la volontà di Dio, che c'è donata per costruire il futuro dell'uomo.

Ma solo se la nostra volontà desidera con tutte le sue forze, l'aiuto di Dio ci viene donato lo Spirito Santo.

Non basta con la Cresima donare lo Spirito Santo, ci vuole la concreta e persistente, continua, volontà dell'individuo cresimato di continuare a vivere in comunione col Padre, affinché lo Spirito Santo aleggi in lui.

Ecco perché lo Spirito Santo è presente in poche persone, perché mai come ora la nostra volontà è sviata dalle illusioni della pubblicità, e dalla pubblicità negativa che trasmissioni manipolate da individui portati al male cercano di far giungere al nostro cervello.

La nostra volontà è continuamente aggredita da suoni, immagini che vogliono sviarci dove gli altri vogliono, per le loro bramosie di potere.

Questo agire costante e persistente ci fa perdere la forza di volontà, di agire per il bene.

Siamo succubi di ciò che i potenti ci vogliono inculcare, ma chi ha assicurato che questi potenti siano migliori di noi? Sono schiavi del loro egoismo che, potenziato dal potere raggiunto, lo usano per il male, per comandare sugli altri ed impossessarsi della loro anima.

Ecco perché la ricchezza fine a se stessa ed il potere usato solo per se stessi sono contrari a Dio

Il male che è nei nostri cuori, ci spinge a soddisfare il nostro orgoglio e ad allontanarci da Dio.

21/06/2001

Gesù perdona i miei peccati, abbi pietà delle mie miserie e dei miei tradimenti.

Quando pativi presso il Calvario non accettavi sollievi perché più avresti sofferto e più anime avresti attirato e salvato.

Il bene che avresti potuto fare Gesù, era direttamente proporzionale alle sofferenze che avresti patito, e conscio di ciò hai bevuto fino in fondo il calice delle tue sofferenze.

Maria che hai condiviso le sofferenze del Tuo Figlio, abbi pietà di noi, incapaci di capire tante sofferenze e tanto amore.

Tuo Figlio avrebbe potuto sfuggire al suo destino con l'aiuto degli amici potenti (Lazzaro, Nicodemo ecc.), ma non avrebbe salvato nessuno, la sua missione era di soffrire per portare in questa realtà la Verità. Ecco perché critica Pietro quando gli prospetta di fuggire da chi lo perseguita.

22/06/2001

La vita c'è data perché nel suo sviluppo possiamo conoscere Dio.

Chiunque tolga questa possibilità ad un essere umano, per cattivo che possa essere, uccidendolo, opprimendolo e peggio ancora schiavizzandolo, agisce contro Dio, perché ostacola la sua volontà.

Su quanto sopra è possibile trarre molte deduzioni:

L'amore del Padre è per tutti i suoi figli, buoni e cattivi, il tempo di vita che c'è stato dato serve per riconoscerlo, affinché egli possa accoglierci nel suo regno come figli, rivestirci di un vestito nuovo (che ci siamo meritati con le sofferenze patite sulla Terra), ed offrirci il vitello grasso per fare festa (in pratica donarci le gioie di una vita immortale nel suo regno).

Questo comporta che, se un altro uomo, anche lui peccatore come il primo (quindi nell'errore e nell'ignoranza della verità), uccide quello che lui ritiene ingiusto, pecca contro Dio, poiché non ha dato al primo il tempo necessario per capire i suoi errori e chiedere perdono al Padre, e maggiormente non ha dato tempo al Padre di aiutarlo a pentirsi dei suoi errori.

Chi è senza peccato scagli la prima pietra.

Lo stesso possiamo dire per chi travia i bambini togliendo loro l'ingenuità anzitempo.

Il periodo dell'innocenza serve all'anima per dare il tempo allo spirito di crescere e maturare gradatamente, senza traumi, per compiere il cammino da adulto, senza predisposizioni negative che ne minerebbero lo sviluppo libero da errati condizionamenti al male.

Ogni individuo ha diritto alla sua fanciullezza e chi li scandalizza è come quello che li uccide anzitempo.

04/07/2001

Sodoma e Gomorra sarete distrutte, perché le vostre iniquità sono salite fino al Padre, e n'è rimasto disgustato, volgendo il suo sguardo altrove.

Non saranno distrutte dal Padre, infinitamente buono, ma saranno distrutte dalla loro iniquità, poiché il Padre avendo distolto lo sguardo altrove, ha tolto loro la luce per capire la verità.

L'universo è sostenuto dalla verità, che è unica.

Ogni giorno, ogni momento il male cerca di colpirmi, io cado ma poi sento che qualcuno mi aiuta a rialzarmi.
Quante difficoltà e sofferenze nella mia vita! Ma il costante aiuto del Padre non mi è mai mancato.

I nostri peccati ci fanno cadere verso il male che vuole rovinarci, ma poi l'amore di Dio non manca, e lentamente riusciamo a sollevarci.

Come nei primi momenti, dopo la caduta nel peccato, vediamo la nostra disperazione, così dopo l'aiuto del Padre vediamo la nostra salvezza.

Questa sera nostro figlio ci ha insultato, il male sta influenzando il suo spirito per colpirci ed allontanarci dall'amore del Padre.
Il male vuole indebolire la nostra volontà per impedirci di fare il bene che il Padre ci sta chiedendo.
Le nostre anime, allontanate da uno spirito distratto, non illuminano a sufficienza il nostro cammino, e noi non riusciamo a vedere la strada per avvicinarci al Padre, quindi siamo incapaci di fare il bene che ci spetta (che dovremmo fare?). Solo il Padre ci può illuminare e guidare, rivolgiamoci al suo infinito amore.

11/08/2001
L'altra sera la mia mente vagava in pensieri inutili e tentatori, pensavo alle cose che mi mancavano e che desideravo, anche cose indecenti.
Non volevo cadere in tentazione, e cercavo di rompere la catena di quei pensieri.
Cercai di aiutarmi pensando al Signore ed a sua Madre,

come a volte faccio per vincere le tentazioni.

All'improvviso pensai all'immensità di Dio Padre, e mi distesi completamente a braccia aperte, come in croce, nel gesto di allungarmi per accogliere il più possibile l'immensità dell'Amore del Padre, all'improvviso tutti i miei pensieri svanirono, mi trovavo in un'altra dimensione, completamente libero dall'oppressione della carne, e così rimasi per pochi minuti, immerso nella profondità e grandezza dell'opera di Dio.

Non pensavo ad altro che all'amore del Padre ed alla sua immensità irraggiungibile per il nostro pensiero.

Ecco forse la strada per vincere le tentazioni che tutti i giorni la nostra mente va ricercando per soddisfare la sua insana curiosità.

Affidarci al Padre ed immaginare la sua grandezza, il suo amore ci pervaderà fino ad aiutare la nostra anima a vincere le tentazioni dello spirito.

Pensare alle sofferenze di Gesù in croce, i chiodi che penetrano nella carne e tra le ossa, gli aculei della corona penetrare sulla fronte e forare la carne in più parti, pensare alla Madre che ne percepiva gli stessi dolori.
Ogni ferita che vedeva nel Figlio Ella stessa la sentiva nelle sue carni, la sua disperazione nel non poterlo aiutare, le minavano il cuore.

O Madre, il tuo cuore ha ceduto dopo tante sofferenze, ma poi hai incontrato il Padre.

Alcune volte quando vedo uno soffrire, m'immedesimo tanto da sentire pure io le sue sofferenze, dovremo provare lo stesso per le sofferenze di Gesù in croce, poiché quelle sofferenze sono state patite per noi.

11/08/2001
Perché non si sono fatti degli studi approfonditi sulla psi-

che umana, su come la mente ricerca il male in continuazione?

Quali sono gli effetti di ciò che l'uomo vede, (immagini sapientemente elaborate da tentarti ed illuderti che tutto è a tua disposizione) sulla sua psiche, specie se ciò che gli viene così sapientemente illustrato non è alla sua portata?

Chi è più condannabile di un delitto commesso, chi lo ha attuato o chi lo ha tentato?

Sicuramente il primo colpevole è colui che ha pensato, costruito e divulgato le immagini della sua perversione, che poi hanno spinto il debole a ripetere.

Sarebbe molto utile, conoscere i meccanismi della nostra mente, e come tutti gli eventi esterni la condizionano, rendendo il nostro corpo schiavo e desideroso di compiacere tutte le soddisfazioni inappagate.

Come mai la psicologia è rimasta così indietro?

Quando il suo compito è così importante per il genere umano?

Quanti registi ed attori sono osannati e premiati per la loro perversione?

Quanti omicidi sono stati eseguiti da individui instabili, illuminati da cotanta perversione?

Certi giornalisti, critici, e psicologi si difendono affermando che la colpa di certi omicidi copiati da film di successo, sono da addebitare alla mente instabile dell'omicida.

Ipocriti che non volete capire e vedere dove sta il male. Il male nasce dal cuore dell'uomo, dai suoi pensieri che vuole materializzare come fosse Dio.

Quindi la responsabilità del male compiuto ricade prima in chi ha pensato tali nefandezze e poi in chi le ha commesse.

Se tali depravazioni non fossero pensate né pubblicizzate, sicuramente molti ingenui non le avrebbero copiate, e certi crimini non si sarebbero realizzati.

L'uomo vuole copiare Dio, proprio perché si è opposto al

suo infinito amore, quindi fa solo del male, perché la sua superbia lo travia al punto di seguire la strada opposta al Bene, quella che ha rifiutato.

15/08/2001

Siamo tutti colpevoli, primo fra tutti chi ha pensato tali nefandezze, poi quelli che le hanno realizzate e rese possibili, i divulgatori, i propagandisti, gli osannatori di tali menti insane, ed infine tutta la società che ha permesso che tutto questo succedesse.

Le menti insane sono quelle dei costruttori d'iniquità, molto più dei realizzatori, questi ultimi sono solo l'anello finale di una catena che è iniziata con la perversione della mente umana e dei suoi pensieri.

Gesù è stato chiaro: a chi scandalizzerà uno di questi piccoli è meglio che sia appesa una macina al collo e sia buttato in fondo al mare.

Dopo tutto questo, chi può condannare un padre che uccide lo spacciatore che gli ha drogato il figlio, o lo stupratore che gli ha rovinato la figlia? Quando tutti noi, giudici compresi siamo responsabili della degradazione morale della società in cui viviamo?

Si è lasciato troppo spazio agli immorali, fino a permettergli di divulgare la loro depravazione agli innocenti.

Dal Vangelo: allontanatevi da me voi tutti operatori d'iniquità.

Ci deve essere un limite ed una giustizia per questi operatori d'iniquità, altrimenti non vi sarà più giustizia in questa società.

Gli iniqui assumeranno sempre più potere fino a ridurre questo mondo ad una landa desolata di perversione, ed il Padre volgerà altrove il suo pensiero, cosicché l'ingannatore avrà mano libera per la distruzione del mondo, anzi l'autodistruzione.

Tutti gli egoismi individuali, mescolati alle loro iniquità scateneranno, la distruzione finale.

Tutto l'universo è tenuto in essere dall'amore di Dio, mancando quest'amore, perché l'uomo lo ha rifiutato, tutto finirà di esistere, questa realtà, voluta dall'uomo, per allontanarsi dal Padre, svanirà nel nulla.

Resterà solo ciò che l'amore del Padre ha costruito per chi lo ha amato.

Un unico dubbio, quando Gesù tornerà sulla Terra per raccogliere i suoi cari, troverà solo delle tombe o troverà anche un nugolo d'uomini e donne che dopo tanta distruzione, saranno rimasti a Lui fedeli?

Potrà l'umanità riscattarsi da tanta distruzione, e dopo tante sofferenze riconoscere l'amore del Padre e del Figlio?

Tutto l'avvenire dipende dalla volontà umana.

Ecco perché Maria ci soccorre con tante sue apparizioni e consigli, perché vuole mantenere in noi l'amore per il Padre, e poterglielo offrire, al fine di permettergli di continuare ad amarci e non veda solo le nostre iniquità.

Maria è nostra madre e ci ama.

18/11/2001

Da dove viene la sofferenza? La sofferenza viene dal male!

Da dove viene il male? Il male viene dal cuore dell'uomo, dai suoi egoismi, dalle sue cupidigie ed in particolare dalla sua ribellione all'amore del Padre.

Quando ci accade una disgrazia non dobbiamo prendercela con Dio, perché non è Lui che lo ha voluto, ma è una conseguenza del nostro rifiuto del suo progetto d'amore.

Il Padre, sopperisce alle nostre sofferenze ed alle ingiustizie patite, con il suo immenso amore che riverserà su di noi, appena lo avremo raggiunto.

Purtroppo l'uomo ha scelto di decidere del suo destino da solo, rifiutando l'amore di Dio.

Con questa scelta ha costruito una realtà diversa da quella che il Padre aveva preparato per lui, quest'ultima piena di giustizia felicità e amore, la prima completamente all'opposto.

È stata la nostra scelta di rifiuto che ha costruito la realtà in cui viviamo, in balia del nostro egoismo, piena di dolore, ingiustizia, al di fuori della verità.

Proprio perché siamo usciti dalla sfera d'amore creata dal Padre per noi, siamo caduti in una realtà falsa, siamo immersi nell'inganno perché dall'inganno è nata la nostra scelta.

La verità unica non è di questa realtà pur essendone inclusa, ma la scopriremo quando usciremo da questa realtà piena d'inganno ed ingiustizia.

Abbiamo voluto conoscere il bene ed il male, rifiutando le certezze del Padre, e siamo caduti in un mondo pieno di male, dove il bene dobbiamo costruircelo con fatica e sofferenza ogni giorno, e siamo alla mercé di tutto il male che l'uomo ha portato dietro di sé.

20/11/2001

Cosa c'è dentro questo corpo? Pensieri, egoismi, sofferenze, incomprensioni, perché siamo così soli?

Chi viene a cercarci quando siamo nella disperazione e nella solitudine?

Perché i nostri sentimenti non sono condivisi da chi amiamo?

Siamo soli, in un mondo affollato d'indifferenza.

Egoismo, ecco cosa ci divide dagli altri, l'egoismo ci allontana dagli altri e da chi può amarci.

Ma quando ci si sente soli c'è qualcuno che ci ama, ci pensa?

Sì, non siamo soli, ma è così difficile, sentire la presenza di chi ci ama, è tutto così provvisorio, deleterio, che viviamo se non per noi stessi.

Se il mondo dovrà risorgere nella pace, dovranno prima sparire tutti gli operatori d'iniquità.

21/11/2001

Esiste il caos?

No il caos non può esistere, perché esiste Dio, e Gesù lo ha rivelato.

Molti scienziati o che si ritengono tali, per contestare l'esistenza di Dio, hanno scoperto il caos.

Per gli scienziati il caos ha sostituito il Padre.

Ma se sono veramente degli scienziati devono dimostrarci, prima di tutto, l'esistenza del caos, altrimenti non possono affermare che esiste.

Allora non sono scienziati, sono dei filosofi, filosofi del caos.

Come si può contestare l'esistenza di Dio, con l'affermazione che esiste qualcosa di cui non se ne può dare la dimostrazione che esiste?

Si sta creando il caos, per sostituirlo a Dio, ma il caos è ancora meno dimostrabile dell'esistenza di Dio.

L'esistenza di Dio è nell'immensa perfezione dell'universo, e noi vogliamo sostituirla con il caos che abbiamo in testa!

L'uomo rifiuta Dio perché vuol fare i suoi comodi, vuol dare sfogo al proprio egoismo, usando la sua intelligenza per depravarsi sempre più, e non si accorge che sta cadendo in un pozzo senza fondo, da cui non potrà più risalire.

Finché sei sull'orlo del precipizio, usa la tua intelligenza per cercare la tua anima, e capire dov'è il Padre che ti sta cercando.

Il caos non può esistere per infinite ragioni, tra cui l'esistenza di un mondo, contenuto in un universo, con una vita precisa e preordinata, e tutto è regolato da leggi precise che da poco tempo l'uomo ha cominciato a studiare.

Qui si vede il continuo persistere dell'uomo nel suo peccato di superbia.

L'uomo ha appena iniziato a studiare gli avvenimenti che lo circondano e già se ne sente creatore e padrone.

Povera scimmia imbelle che non sai neanche dove stai sbattendo il naso.

Il caos non può esistere semplicemente perché la materia primordiale da cui è nato l'universo, era inerte e con tutto quel nulla che la circondava, non poteva reagire nell'attimo T=0, dando origine all'universo.

Si potrebbe ammettere per assurdo che la reazione tra elementi chimici abbia dato inizio a qualche cosa che poi si è evoluto fino alla creazione, scusate, alla nascita della vita e di tutto ciò che vive.

A parte che non si può capire come tutto ciò sia dovuto a leggi precise, insite in tutto l'universo che ne controllano le varie evoluzioni creative, anzi, caos attive, ma com'è iniziato il tutto, quando non c'erano elementi chimici, leggi e materia?

Ecco, l'ignoranza umana afferma che adesso non si può sapere, ma allora se tu sei ignorante perché ti permetti di parlare di cose di cui non sei ancora a conoscenza?

Lasciate parlare di Dio a chi Dio lo conosce.

21/11/2001

L'immagine di Dio è quella cosa che ci fa uguali a lui, in definitiva è la nostra anima.

In cosa siamo simili a Dio, nel fatto che ci ha creati immortali, e cos'è che è immortale in noi? La nostra anima!

Ma con la venuta di Gesù che ha preso la nostra forma umana per rivelarsi a noi, e poi è risuscitato dai morti, in anima e corpo mantenendo la sua forma umana, ha trasfuso questa forma anche come immagine di Dio.

Con Gesù il nostro aspetto fisico è nobilitato in immagine di Dio.

Nell'attimo del Big Bang l'amore di Dio Padre si rivela nella creazione dell'universo, con tutte le sue leggi che hanno realizzato a tutta l'evoluzione avvenuta fino ai giorni nostri.

L'uomo può solo distruggere questa creazione.

Con la venuta di Gesù Cristo, Dio Padre si rivela nel suo infinito amore.

21/11/2001

La creazione dell'universo e dell'uomo come riportato sulla Genesi non può essere interpretata letteralmente e non

114

può essere capita dal pensiero umano.

Le fasi della creazione, così come spiegato nella Genesi, ricalcano fedelmente le fasi della creazione, non lo dico io ma molti scienziati.

Effettivamente Dio diede inizio alla nascita dell'universo con il Big Bang, non ancora dimostrato scientificamente, perché almeno sembra non sia ripetibile, ma da quanto ci risulta, è ancora ben udibile.

Ma quando la genesi passa a spiegare la nascita del giardino celeste e dell'uomo, non siamo più nell'ambito storico scientifico, ma in una spiegazione spirituale, e lo dice l'esistenza nel giardino dell'albero della vita (intesa come vita immortale), e quindi al di fuori della spiegazione scientifica.

Con la scelta d'Adamo di appropriarsi della sua libertà dal Padre, si ha la sua caduta da una vita soprannaturale che il Padre aveva costruito per lui, ad una realtà naturale e terrena.

Dio ha costruito l'universo visibile e soprannaturale per l'uomo.

L'uomo per ribellione all'onnipresenza di Dio nell'universo, ha dato inizio a questa vita materiale.

Dio ci ha donato la sua immagine, Gesù ha portato in cielo la nostra immagine che il Padre ha santificato.

Da quel momento la nostra somiglianza col Padre è completa.

È ora di dare spiegazione, senso e forma a ciò che governa veramente l'universo, l'amore di DIO.

Mai come in quest'ultimo secolo, si è percepita la presenza del Padre.

Dopo tante indagini e studi si è scoperto che la creazione dell'universo ricalca quasi fedelmente quanto riportato nella Genesi.

In passato l'uomo non aveva alcuna conoscenza ed esperienza scientifica, il suo pensiero illuminato da Dio riuscì a descrivere la creazione come veramente è avvenuta, e solo dopo diecimila anni il pensiero umano (scientifico) ne scopre le coincidenze.

Il Big Bang.

Dopo milioni d'anni dalla nascita dell'universo, la scienza scopre che il suono, generato nell'attimo della creazione, è rimasto imperturbabile in tutto l'universo ed è ancora udibile. Altro che caos.

Per me il Big Bang è l'urlo di Dio nell'attimo della creazione, per aver creato qualcosa che lo avrebbe fatto soffrire per tutto il tempo a venire.

Dio soffre perché ci ama e noi lo tradiamo, continuamente.

In un tempo in cui l'umanità sembra di avere scoperto quasi tutte le leggi che governano l'universo e la materia, è arrivata al punto che ogni nuova scoperta non è più dimostrabile con rigore sperimentale, come dovrebbe essere, ma è tenuta in sospeso nell'indeterminazione della sua esistenza.

Solo ora ci si accorge di nuovo dell'importanza del pensiero e del ragionamento.

Le nuove frontiere sono la scoperta dell'anima e delle forze che governano l'immanente ed il trascendente, concatenati in un'unica verità quella che ci rivelò Gesù.

Io sono la Via, la Verità, la Vita.

Gesù ha detto, che vi è una sola via, una sola verità, quindi vuol affermare che vi sono delle leggi che governano l'universo, la materia e tutto ciò che coinvolge l'immanente ed il trascendente.

Dio esiste ed esiste pure la sua realtà infinita, nella quale è inglobata questa misera realtà che l'uomo ha costruito con il suo distacco dall'amore del Padre.

Una sola verità esiste, quella di Dio, cerchiamola con il cuore, con l'anima e con la mente.

Il primo uomo che sviluppò il metodo scientifico per scoprire le leggi della natura, lo fece per cercare Dio.

In seguito l'uomo ha cercato di utilizzare la ricerca scientifica per dimostrare la non esistenza di Dio, mentre ogni legge fisica non fa che parlare di Lui.

116

Il Padre con il suo amore si è donato e rivelato all'uomo in infiniti modi, e nell'attesa che l'uomo lo scoprisse con la sua intelligenza e ricerca, gli ha donato la possibilità di averlo e sentirlo nell'anima per solo impulso d'amore.

Ora che l'uomo è sull'orlo della distruzione di quanto il Padre ha creato per lui, è giunto il momento di cercarlo oltre che con il nostro amore, anche con la nostra intelligenza. Le scoperte che saranno fatte, porteranno a conoscere meglio il nostro destino, e serviranno per dare a tutta l'umanità, la certezza dell'amore di Dio.

Quanto sopra accadrà quando l'uomo si dedicherà alla ricerca di Dio.

C'è una sola verità e l'umanità ne è ancora fuori, a causa del suo egoismo.

Quando crollano i nostri pensieri, le nostre certezze, cosa ci rimane? DIO!

Dio Padre perché sei così lontano? Abbiamo bisogno di Tè ma non ti sentiamo, siamo sordi al Tuo amore.

Tutte le ricerche che l'uomo ha fatto per dimostrare la non esistenza di Dio sono crollate.

Nel momento del massimo potere dell'ateismo, tramite le ultime dittature naziste, fasciste, comuniste, dove si cercava di dimostrare la non esistenza di Dio, tutto è crollato, anche l'esistenza stessa di queste ideologie contrarie all'uomo.

Ecco perché nonostante gli ideali di giustizia tanto propugnati dalle ideologie di quest'ultimo secolo, queste sono crollate, dimostrando che senza Dio non si costruisce ma si distrugge.

L'orrore di cui erano impregnate queste ideologie, si vede dal risultato che hanno avuto sull'umanità, distruzione, guerre, oppressioni, povertà e l'uomo che si era attaccato a quegli ideali è stato oppresso ed impoverito, brutalizzato perdendo la sua fede in Dio.

L'uomo, senza Dio, non ama il prossimo, ed ogni sua azione è rivolta a se stesso.

23/12/2001

L'ultima battaglia sarà spirituale, tra gli spiriti del male e quelli del bene, e non si sa chi vincerà, sarà solo questione di fede, vera e pura.

Di sicuro il male sarà distrutto, ma non si sa se con la sua distruzione sparirà anche l'umanità da questo mondo.

19/01/2002

Dio ci vuole fondere con il suo immenso amore, ma perché ciò accada dobbiamo essere simili a Lui.

Se non ci guadagneremo la similitudine con Dio, non potremo essere accolti nella sua immensa realtà d'Amore.

Che cosa dobbiamo fare per diventare simili a Dio?

Dovremo amare, soffrire come Lui, e poi ci accoglierà fra le sue braccia di Padre.

Siate perfetti come il Padre vostro che è nei cieli.

3/03/2002

Quante stelle, quanti pianeti, quante galassie vi sono nell'universo?

Noi vediamo che l'universo è enorme seppur non infinito, tutto ciò è in continua espansione, lo spazio vuoto quindi è infinito perché le galassie continuano ad espandersi conquistando sempre nuovo spazio.

Solo da pochi decenni si è scoperto il Big Bang che corrisponde al rumore generato dalla creazione dell'universo, ma prima cosa c'era?

È pensabile che prima dell'esplosione che diede origine alla materia, non vi fosse nulla, almeno in quello spazio che poi la materia conquistò con il suo espandersi.

Sicuramente prima del Big Bang tutto l'universo era vuoto senza nulla neanche la luce.

Poi, dopo il Big Bang, il tutto cominciò ad esistere occupando sempre più spazio fino ai giorni nostri.

Ma se prima del Big Bang non vi era nulla, non esisteva lo spazio tridimensionale e neppure il tempo, perché queste realtà ebbero inizio con l'esplosione primordiale della materia. Ma allora non esisteva neppure Dio?

Dio esisteva già, senno chi avrebbe acceso la nostra realtà?

Esisteva un'altra realtà dalla quale ebbero origine l'universo, lo spazio ed il tempo.

Non potremo mai capire com'è quella realtà infinita, perché aveva ed ha a disposizione uno spazio superiore (infinito) che doveva contenere lo spazio che avrebbe poi creato.

E del tempo? Com'era il tempo prima del Big Bang?

Era un tempo infinito (un tempo senza tempo), perché solo con la creazione della materia si ha la nascita del tempo che noi viviamo.

E la vita, cos'era la vita prima del Big Bang? Vita infinita? Non poteva essere una vita come quella che viviamo, poichè è regolata dal tempo che la nostra materia caduca ha creato.

C'era sicuramente dell'energia, molta energia, forza potenza, c'era un'enorme quantità d'energia inimmaginabile perché n'è bastata una piccola frazione, una parte infinitesima per scatenare tutta la creazione.

Che energia poteva essere, non certo energia come noi la intendiamo, anzi sicuramente è un'energia che non deriva dalla nostra materia né dal nostro trascorrere del tempo.

Vi è fuori dello spazio-tempo che noi viviamo una forma d'esistenza che ci contiene, che contiene in una parte infinitesima di se stessa tutto l'universo e tutta la nostra realtà, tutto l'infinito che noi possiamo immaginare.

Ecco perché noi che non possiamo sentire con i nostri sensi, sentiamo che vi è qualche cosa di più grande di noi stessi.

Basta che smettiamo un attimo di pensare al nostro orgoglio, che ci sovrasta, e pensare al tutto che sentiamo, che v'è qualcosa sopra di noi di cui facciamo parte, ma che non possiamo toccare nemmeno col pensiero.

Un universo più infinito del nostro universo infinito.

Una realtà unica, totale, comprensiva delle due realtà.

Un infinito all'infinito parrebbe solo sminuire ciò che comprende tutta la realtà.

Se esiste questa realtà l'uomo la può trovare, in parte è dentro di noi, sta solo a noi cercarla.

Chi cerca trova.

Io sono la Via la Verità e la Vita.

Il Padre me lo ha rivelato.

Avete davanti a voi tutto il tempo.

3/02/2002

La fede proviene dalla nostra anima, la scienza dalla nostra intelligenza, entrambi sono doni di Dio.

L'intelligenza c'è stata donata per ricercare la nostra anima e con lei costruire la nostra vita alla ricerca del Padre.

Scienza e fede devono camminare assieme, la fede illuminerà la scienza, e la scienza aiuterà la fede nella ricerca di Dio.

10/02/2002

Quanti scienziati ci sono tra gli scienziati che non sono scienziati?

Quanti scienziati non fanno uso del rigore logico, ma solo del loro fanatismo (orgoglio)?

Ci vuole umiltà in tutto, mentre l'uomo vuole sempre prevalere sul prossimo.

Il rigore scientifico come lo descrive Galilei è un segno d'umiltà, vuol dire mettere di fronte a Dio la cosciente convinzione della propria ignoranza, e ci si affida a Lui per avere delle risposte ai nostri interrogativi. Chi non ha dei dubbi, non può essere uno scienziato, ma è solo pieno di se stesso.

24/02/2002

Trasfigurazione di Gesù, perché?

Per dargli la forza di affrontare il sacrificio cui si era donato.

Il momento della trasfigurazione è il contatto di Gesù con il Padre, che viene a consolarlo ed a fargli capire l'importanza del suo sacrificio.

Con la trasfigurazione, il Padre mostra a Gesù uomo, la bellezza della redenzione dell'uomo, e quanto bene il Suo sacrificio avrebbe portato a tutta l'umanità.

Dalla lettera di S. Paolo a Timoteo. (1,8-10)

Gesù ha vinto la morte ed ha fatto risplendere la vita e l'immortalità per mezzo del Vangelo.

Perché tutto questo?

L'uomo ha scelto di conoscere il bene ed il male, allontanandosi dal Padre che aveva per lui predisposto un luogo di solo bene.

Con questa scelta l'uomo è uscito dal Paradiso, ha rifiutato il dono del Padre, e quindi gli si è preclusa la via dell'immortalità, prevista fin dalla creazione.

Tutte le anime, morte prima della venuta di Gesù, destinate alla risurrezione, sono state confinate in un limbo, (fuori del Paradiso) nell'attesa che Gesù venisse ad aprire le porte del Paradiso per condurvele.

La venuta di Gesù, dono del Padre, ha riportato all'uomo la promessa che il Padre gli aveva fatto con la creazione.

Il perdono che Dio ha donato all'uomo per il peccato di superbia, rifiutando il suo Amore, è la venuta di Gesù, che con il suo sacrificio d'uomo e Dio che si dona per amore, ha riscattato l'errore di tutta l'umanità, e l'ha riportata nelle braccia amorose del Padre.

L'uomo con il suo rifiuto dell'amore Paterno, si era allontanato dal suo Creatore, demeritando, anzi rifiutando, il dono di una vita immortale.

Il Padre ama le sue creature, ed è disceso sulla Terra per far capire all'uomo la vera differenza tra il bene ed il male.

Gesù dono di Dio per cancellare con il suo sacrificio l'errore dell'uomo.

Il Padre ha voluto riportare le sue creature nel suo Regno e per non violare il loro libero arbitrio, arriva a mandare il Figlio Prediletto per far capire all'uomo che Dio lo ama ancora e che lo vuole salvare dalla disperazione, nonostante l'offesa ricevuta con il suo rifiuto.

Il Padre non vuole violare la libertà di scelta dell'uomo, ma con il sacrificio del Figlio, gli fa capire quanto grave è il suo distacco e quanta sofferenza sta portando all'umanità intera.

Dio ama l'uomo e lo vuole salvare, a costo del sacrificio del Figlio.

La morte di Gesù è il segno dell'immensità dell'amore del Padre, che vuole perdonare, alla sua creatura, il male compiuto.

La resurrezione di Gesù è il segno che il Padre dona anche all'uomo la sua risurrezione e gli viene ridata l'immortalità che Dio aveva predisposto per lui fin dalla creazione.

Solo con il sacrificio e morte di Gesù si ha l'apertura della via al Paradiso per le anime sante.

14/04/2002

Tutto ciò prima era escluso anche alle anime meritevoli, perché in loro era insita la responsabilità di essere uscite da quanto Dio Padre aveva predisposto per loro.

Non potevano rientrare nella terra promessa, fino a quando Qualcuno, con il suo estremo sacrificio, avrebbe cancellato il rifiuto che l'uomo fece a Dio.

Quel qualcuno non poteva essere Dio venuto in Terra, ma doveva essere un uomo vero disposto ad accettare un sacrificio così grande da annullare il dispiacere ed il male creato dall'uomo con il suo rifiuto.

Ma solo un uomo non poteva capire l'importanza del sacrificio perfetto, quindi doveva avere in sé anche la conoscenza del Padre; ecco perché il Padre ha mandato il suo figlio prediletto. Vero uomo, generato non creato, della stessa sostanza del Padre.

Dio Padre solo amore per l'uomo disperso, a costo della propria sofferenza.

Il Padre ama tanto la sua creatura da soffrire per lei.

05/03/2002

Chi avrà donato le proprie sofferenze al Padre, sarà lodato in Eterno.

10/04/2002

Usiamo la nostra intelligenza per lodare Dio, in noi è insita la capacità di creare, come il Padre ha voluto.

14/04/2002

Padre perdona loro perché non sanno quello che fanno.

Questo è il dono di Gesù, nonostante le sofferenze patite e la morte prossima, ha solo parole di perdono, dona se stesso per perdonare i suoi carnefici. Gesù ci ha giustificati al Padre, ha trovato il modo per portarci nel suo Regno, nonostante i nostri errori.

Io vado a prepararvi un posto; quando sarò andato e vi avrò preparato un posto, ritornerò e vi prenderò con me, perché siate anche voi dove sono io.

21/04/2002

L'uomo nel suo intimo scelse di conoscere il bene ed il male non lo fece per spirito di conoscenza, ma fu una sfida egoistica verso Dio, e scelse di rifiutare quanto Dio aveva preparato per lui, perché voleva essere superiore al Padre.

Questo sentimento di rancore dell'uomo si è instaurato nel proprio essere ed ha costruito la realtà della contrapposizione al bene del Padre, creando l'esistenza del male, nella propria realtà.

Questo perché nella realtà creata da Dio vi era solo bene, e quindi introducendo un sentimento d'odio in quella realtà, essa non sarebbe più stata ciò che Dio aveva voluto per la sua creatura; allora è nata una nuova realtà che doveva contenere sia il bene voluto da Dio che il Male voluto dall'uomo.

Il bene del Padre ha fatto in modo che questa nuova realtà di vita voluta dall'uomo fosse non più infinita, ma finita per permettergli di rivedersi ed accettare l'amore del Padre.

Proprio perché Dio ci ama, non può intervenire a modificare il nostro destino, il rifiuto del suo amore preclude l'esistenza di una realtà a due sensi univoci.

Uno verso il male e la perdita dell'anima (dono di Dio), il

secondo invece verso Dio, è ciò che ci promise quando donò l'anima all'uomo.

Il Padre aveva preparato un bel posto per noi dove vi era una sola realtà infinita e piena del suo amore, e noi non avremmo certo sofferto nulla in questa realtà.

La nostra scelta di abbandonare quanto preparatoci dal Padre, ci ha trasferito in una realtà diversa, vale a dire con il bene ed il male.

Non può esistere libero arbitrio in una realtà univoca e piena d'amore. Invece il nostro libero arbitrio presuppone che avremmo vissuto in una realtà a due vie contrapposte, bene-male.

Siamo quindi noi che abbiamo scelto la nostra realtà, e siamo precipitati in un posto dove c'è il bene sì, ma anche il male; e con questa scelta, abbiamo creato una realtà dove ogni giorno vediamo il male che commettiamo, e con ciò ricade su di noi la responsabilità del male creato.

Ecco perché in questa realtà o si vive proiettati verso il bene (con l'amore del Padre), oppure verso il male.

Non vi sono vie di mezzo.

Il Padre ha visto la realtà in cui l'uomo era caduto e vedendo tutti i suoi errori, e le sue sofferenze, Egli ne ha avuta pietà ed ha deciso di venirgli in aiuto, contravvenendo al suo primo desiderio di lasciarlo solo nella sua realtà.

Ha deciso di soccorrerci mandandoci tanti profeti, ma la cattiveria dell'uomo era enorme, e molto più grande era il suo rancore verso Dio, al quale faceva ricadere le proprie colpe ed errori.

Il Padre ci ama ed alla fine ha mandato suo Figlio, pur sapendo come lo avrebbero trattato gli uomini.

Chi manderebbe il proprio figlio, che tanto ama, in un'arena piena di belve feroci, ben sapendo che queste lo sbranerebbero?

Solo il Padre, che ci ama con un amore infinito, può aver fatto questo.

Sarebbe stato più giusto che si fosse dimenticato della sua creazione, lasciandola da sola senza intervenire, fino a quando questa con la sua cattiveria, si sarebbe distrutta da sola.

Poi Dio avrebbe dato in eredità, ciò che sarebbe rimasto del suo universo ad una creatura migliore. Ciò è quello che avremmo fatto noi, secondo un ragionamento umano, ma l'amore del Padre è infinito, e noi non capiremo mai quanto è grande quest'amore.

28/04/2002

Chi parla solo di diritti senza parlare anche di doveri, commette un'ingiustizia sociale.

Un mondo dove vi sono solo dei diritti è destinato all'estinzione.

Una società umana vive soprattutto sui doveri che ognuno ha verso gli altri, verso la società.

Se un individuo pensa solo ai suoi diritti, e contemporaneamente elude ai suoi doveri verso gli altri, non è una persona sociale, e si pone al di fuori della società in cui vive, è una persona iniqua ed asociale.

Dobbiamo pensare principalmente al bene di tutti e poi aiutare i singoli ad inserirsi in una visione comune della società.

15/05/2002

Come sarà l'altra vita?

Senza tempo.

Se è una vita infinita con tempo infinito non ci sarà bisogno di misurarlo, poiché non avrà senso.

Sarà una vita piena, dove non esisterà il tempo e si guarderà a questa vita terrena come fosse un tutt'uno, passato presente e futuro, contemporaneamente.

Dalle comunicazioni che ho avuto con i miei defunti, si capiva bene che loro non vedevano o concepivano il tempo come noi, e pur vedendo il futuro e gli avvenimenti che sarebbero accaduti, non erano capaci di darvi un tempo preciso su quando sarebbero accaduti. Lo stesso non succedeva su avvenimenti del passato e che stavano accadendo.

Una realtà di vita senza tempo è una realtà infinita non misurabile.

Solo la nostra realtà ha il tempo come dimensione, perché così sono state impostate le sue leggi.

L'altra realtà non ha la dimensione temporale per i seguenti motivi:

1) I suoi elementi non sono soggetti a decadimento o trasformazione materiale.

2) Nella stessa definizione d'infinita è insita la mancanza del tempo. È un non senso dare una dimensione temporale a qualcosa d'infinito.

3) Per lo stesso motivo che la realtà infinita non ha dimensione tempo, il suo spazio e velocità sono infiniti.

Solo se il tempo non esiste, tutte le altre dimensioni sono infinite.

In tutto quest'infinito con esistenza eterna, può esistere una frazione di realtà finita e temporale che proprio perché ha avuto un inizio avrà una fine.

La realtà terrena in cui noi viviamo ha avuto inizio con il Big-Bang ed avrà una fine quando l'universo stesso, imploderà distruggendo tutta la materia ed annullando la dimensione temporale, oppure si espanderà fino a diradare tutta la sua energia, a tal punto che non potrà più esistere la vita.

La realtà infinita che contiene in sé quest'universo finito, continuerà ad esistere. Con la fine dell'universo finirà la dimensione tempo, ma non la vita.

Dio Padre ha voluto donarci parte della sua materia infinita, donandoci l'anima che è parte della sua natura quindi immortale.

L'anima che ci ha donato Dio ha lo scopo di illuminarci con la sua presenza, in questa vita terrena, per portare con sé il nostro spirito, al cospetto del Padre, e farci avere quanto Dio ha costruito per noi.

Solo se noi sapremo ascoltare la nostra anima, lei ci guiderà alla vita eterna.

19/05/2002
Dio è l'energia che anima tutto l'universo.

26/05/2002

Siamo chiusi in una gabbia di matti e ne potremo uscire solo con la morte.

Finito di stampare nel mese di Gennaio 2015
per conto di Youcanprint *Self - Publishing*